Naïs Micoulin

ŒUVRES PRINCIPALES

La mort d'Olivier Bécaille, Librio n° 42
L'attaque du moulin, suivi de *Jacques Damour,* Librio n° 182
J'accuse, Librio n° 201

Contes à Ninon
Thérèse Raquin

Les Rougon-Macquart :
La fortune des Rougon
La curée
Le ventre de Paris
La conquête de Plassans
La faute de l'abbé Mouret
Son excellence Eugène Rougon
L'assommoir
Une page d'amour
Nana
Pot-Bouille
Au Bonheur des Dames
La joie de vivre
Germinal
L'œuvre
La terre
Le rêve
La bête humaine
L'argent
La débâcle
Le docteur Pascal

Trois villes :
Lourdes
Rome
Paris

Émile Zola

Naïs Micoulin

suivi de

Pour une nuit d'amour

Librio

Texte intégral

NAÏS MICOULIN

I

À la saison des fruits, une petite fille, brune de peau, avec des cheveux noirs embroussaillés, se présentait chaque mois chez un avoué d'Aix, M. Rostand, tenant une énorme corbeille d'abricots ou de pêches, qu'elle avait peine à porter. Elle restait dans le large vestibule, et toute la famille, prévenue, descendait.

« Ah ! c'est toi, Naïs, disait l'avoué. Tu nous apportes la récolte. Allons, tu es une brave fille... Et le père Micoulin, comment va-t-il ?

— Bien, Monsieur », répondait la petite en montrant ses dents blanches.

Alors, Mme Rostand la faisait entrer à la cuisine, où elle la questionnait sur les oliviers, les amandiers, les vignes. La grande affaire était de savoir s'il avait plu à L'Estaque, le coin du littoral où les Rostand possédaient leur propriété, la Blancarde, que les Micoulin cultivaient. Il n'y avait là que quelques douzaines d'amandiers et d'oliviers, mais la question de la pluie n'en restait pas moins capitale, dans ce pays qui meurt de sécheresse.

« Il a tombé des gouttes, disait Naïs. Le raisin aurait besoin d'eau. »

Puis, lorsqu'elle avait donné les nouvelles, elle mangeait un morceau de pain avec un reste de viande, et elle repartait pour L'Estaque, dans la carriole d'un boucher, qui venait à Aix tous les quinze jours. Souvent, elle apportait des coquillages, une langouste, un beau poisson, le père Micoulin pêchant plus encore qu'il ne labourait. Quand elle arrivait pendant les vacances, Frédéric, le fils de l'avoué, descendait d'un bond dans la cuisine pour lui annoncer que la famille allait bientôt s'installer à la Blancarde, en lui recommandant de tenir prêts ses filets et ses lignes. Il la tutoyait, car il avait joué avec elle tout petit. Depuis l'âge de douze ans seulement, elle l'appelait « M. Frédéric », par respect. Chaque fois que le père Micoulin l'entendait dire « tu » au fils de ses maîtres, il la souffletait. Mais cela n'empêchait pas que les deux enfants fussent très bons amis.

« Et n'oublie pas de raccommoder les filets, répétait le collégien.

— N'ayez pas peur, monsieur Frédéric, répondait Naïs. Vous pouvez venir. »

M. Rostand était fort riche. Il avait acheté à vil prix un hôtel superbe, rue du Collège. L'hôtel de Coiron, bâti dans les dernières années du dix-septième siècle, développait une façade de douze fenêtres, et contenait assez de pièces pour loger une communauté. Au milieu de ces appartements immenses, la famille composée de cinq personnes, en comptant les deux vieilles domestiques, semblait perdue. L'avoué occupait seulement le premier étage. Pendant dix ans, il avait affiché le rez-de-chaussée et le second, sans trouver de locataires. Alors, il s'était décidé à fermer les portes, à abandonner les deux tiers de l'hôtel aux araignées. L'hôtel, vide et sonore, avait des échos de cathédrale au moindre bruit qui se produisait dans le vestibule, un énorme vestibule avec une cage d'escalier monumentale, où l'on aurait aisément construit une maison moderne.

Au lendemain de son achat, M. Rostand avait coupé en deux par une cloison le grand salon d'honneur, un salon de douze mètres sur huit, que six fenêtres éclairaient. Puis, il avait installé là, dans un compartiment son cabinet, et dans l'autre le cabinet de ses clercs. Le premier étage comptait en outre quatre pièces, dont la plus petite mesurait près de sept mètres sur cinq. Mme Rostand, Frédéric, les deux vieilles bonnes, habitaient des chambres hautes comme des chapelles. L'avoué s'était résigné à faire aménager un ancien boudoir en cuisine, pour rendre le service plus commode ; auparavant, lorsqu'on se servait de la cuisine du rez-de-chaussée, les plats arrivaient complètement froids, après avoir traversé l'humidité glaciale du vestibule et de l'escalier. Et le pis était que cet appartement démesuré se trouvait meublé de la façon la plus sommaire. Dans le cabinet, un ancien meuble vert, en velours d'Utrecht, espaçait son canapé et ses huit fauteuils, style Empire, aux bois raides et tristes ; un petit guéridon de la même époque semblait un joujou, au milieu de l'immensité de la pièce ; sur la cheminée, il n'y avait qu'une affreuse pendule de marbre moderne, entre deux vases, tandis que le carrelage, passé au rouge et frotté, luisait d'un éclat dur. Les chambres à coucher étaient encore plus vides. On sentait là le tranquille dédain des familles du Midi, même les plus riches, pour le confort et le luxe, dans cette bienheureuse contrée du soleil où la vie se passe au-dehors. Les Rostand n'avaient certainement pas conscience de la mélancolie, du froid mortel qui désolaient ces grandes salles, dont la tristesse de ruines semblait accrue par la rareté et la pauvreté des meubles.

L'avoué était pourtant un homme fort adroit. Son père lui avait laissé une des meilleures études d'Aix, et il trouvait moyen d'augmenter sa clientèle par une activité rare dans ce pays de paresse. Petit, remuant, avec un fin visage de fouine, il s'occupait passionnément de son étude. Le soin de sa fortune le tenait d'ailleurs tout entier, il ne jetait même pas les yeux sur un journal, pendant les rares heures de flânerie qu'il tuait au cercle. Sa femme, au contraire, passait pour une des femmes intelligentes et distinguées de la ville. Elle était née de Villebonne, ce qui lui laissait une auréole de dignité, malgré sa mésalliance. Mais elle montrait un rigorisme si outré, elle pratiquait ses devoirs religieux avec tant d'obstination étroite, qu'elle avait comme séché dans l'existence méthodique qu'elle menait.

Quant à Frédéric, il grandissait entre ce père si affairé et cette mère si rigide. Pendant ses années de collège, il fut un cancre de la belle espèce, tremblant devant sa mère, mais ayant tant de répugnance pour le travail, que, dans le salon, le soir, il lui arrivait de rester des heures le nez sur ses livres, sans lire une ligne, l'esprit perdu, tandis que ses parents s'imaginaient, à le voir, qu'il étudiait ses leçons. Irrités de sa paresse, ils le mirent pensionnaire au collège ; et il ne travailla pas davantage, moins surveillé qu'à la maison, enchanté de ne plus sentir toujours peser sur lui des yeux sévères. Aussi, alarmés des allures émancipées qu'il prenait, finirent-ils par le retirer, afin de l'avoir de nouveau sous leur férule. Il termina sa seconde et sa rhétorique, gardé de si près, qu'il dut enfin travailler : sa mère examinait ses cahiers, le forçait à répéter ses leçons, se tenait derrière lui à toute heure, comme un gendarme. Grâce à cette surveillance, Frédéric ne fut refusé que deux fois aux examens du baccalauréat.

Aix possède une école de droit renommée, où le fils Rostand prit naturellement ses inscriptions. Dans cette ancienne ville parlementaire, il n'y a guère que des avocats, des notaires et des avoués, groupés là autour de la Cour. On y fait son droit quand même, quitte ensuite à planter tranquillement ses choux. Il continua d'ailleurs sa vie du collège, travaillant le moins possible, tâchant simplement de faire croire qu'il travaillait beaucoup. Mme Rostand, à son grand regret, avait dû lui accorder plus de liberté. Maintenant, il sortait quand il voulait, et n'était tenu qu'à se trouver là aux heures des repas ; le soir, il devait rentrer à neuf heures, excepté les jours où on lui permettait le théâtre. Alors, commença pour lui cette vie d'étudiant de province, si monotone, si pleine de vices, lorsqu'elle n'est pas entièrement donnée au travail.

Il faut connaître Aix, la tranquillité de ses rues où l'herbe pousse, le sommeil qui endort la ville entière, pour comprendre quelle existence vide y mènent les étudiants. Ceux qui travaillent ont la ressource de tuer les heures devant leurs livres. Mais ceux qui se refusent à suivre sérieusement les cours n'ont d'autres refuges, pour se désennuyer, que les cafés, où l'on joue, et certaines maisons, où l'on fait pis encore. Le jeune homme se trouva être un joueur passionné ; il passait au jeu la plupart de ses soirées, et les achevait ailleurs. Une sensualité de gamin échappé du collège le jetait dans les seules débauches que la ville pouvait offrir, une ville où manquaient les filles libres qui peuplent à Paris le quartier Latin. Lorsque ses soirées ne lui suffirent plus, il s'arrangea pour avoir également ses nuits, en volant une clé de la maison. De cette manière, il passa heureusement ses années de droit.

Du reste, Frédéric avait compris qu'il devait se montrer un fils docile. Toute une hypocrisie d'enfant courbé par la peur lui était peu à peu venue. Sa mère, maintenant, se déclarait satisfaite : il la conduisait à la messe, gardait une allure correcte, lui contait tranquillement des mensonges énormes, qu'elle acceptait, devant son air de bonne foi. Et son habileté devint telle, que jamais il ne se laissa surprendre, trouvant toujours une excuse, inventant d'avance des histoires extraordinaires pour se préparer des arguments. Il payait ses dettes de jeu avec de l'argent emprunté à des cousins. Il tenait toute une comptabilité compliquée. Une fois, après un gain inespéré, il réalisa même ce rêve d'aller passer une semaine à Paris, en se faisant inviter par un ami, qui possédait une propriété près de la Durance.

Au demeurant, Frédéric était un beau jeune homme, grand et de figure régulière, avec une forte barbe noire. Ses vices le rendaient aimable, auprès des femmes surtout. On le citait pour ses bonnes manières. Les personnes qui connaissaient ses farces souriaient un peu ; mais, puisqu'il avait la décence de cacher cette moitié suspecte de sa vie, il fallait encore lui savoir gré de ne pas étaler ses débordements, comme certains étudiants grossiers, qui faisaient le scandale de la ville.

Frédéric allait avoir vingt et un ans. Il devait passer bientôt ses derniers examens. Son père, encore jeune et peu désireux de lui céder tout de suite son étude, parlait de le pousser dans la magistrature debout. Il avait à Paris des amis qu'il ferait agir, pour obtenir une nomination de substitut. Le jeune homme ne disait pas non ; jamais il ne combattait ses parents d'une façon ouverte ; mais il avait un mince sourire qui indiquait son intention arrêtée de continuer l'heureuse flânerie dont il se trouvait si bien. Il savait son père riche, il était fils unique, pourquoi aurait-il pris la moindre peine ? En attendant, il fumait des cigares sur le Cours, allait dans les bastidons voisins faire des parties fines, fréquentait journellement en cachette les maisons louches, ce qui ne l'empêchait pas d'être aux ordres de sa mère et de la combler de prévenances. Quand une noce plus débraillée que les autres lui avait brisé les membres et compromis l'estomac, il rentrait dans le grand hôtel glacial de la rue du Collège, où il se reposait avec délices. Le vide des pièces, le sévère ennui qui tombait des plafonds, lui semblaient avoir une fraîcheur calmante. Il s'y remettait, en faisant croire à sa mère qu'il restait là pour elle, jusqu'au jour où, la santé et l'appétit revenus, il machinait quelque nouvelle escapade. En somme, le meilleur garçon du monde, pourvu qu'on ne touchât point à ses plaisirs.

Naïs, cependant, venait chaque année chez les Rostand, avec ses fruits et ses poissons, et chaque année elle grandissait. Elle avait juste le même âge que Frédéric, trois mois de plus environ. Aussi, Mme Rostand lui disait-elle chaque fois :

« Comme tu te fais grande fille, Naïs ! »

Et Naïs souriait, en montrant ses dents blanches. Le plus souvent, Frédéric n'était pas là. Mais, un jour, la dernière année de son droit, il sortait, lorsqu'il trouva Naïs debout dans le vestibule, avec sa corbeille. Il s'arrêta net d'étonnement. Il ne reconnaissait pas la longue fille mince et déhanchée qu'il avait vue, l'autre saison, à la Blancarde. Naïs était superbe, avec sa tête brune, sous le casque sombre de ses épais cheveux noirs ; et elle avait des épaules fortes, une taille ronde, des bras magnifiques dont elle montrait les poignets nus. En une année, elle venait de pousser comme un jeune arbre.

« C'est toi ! dit-il d'une voix balbutiante.

— Mais oui, monsieur Frédéric, répondit-elle en le regardant en face, de ses grands yeux où brûlait un feu sombre. J'apporte des oursins... Quand arrivez-vous ? Faut-il préparer les filets ? »

Il la contemplait toujours, il murmura, sans paraître avoir entendu :

« Tu es bien belle, Naïs !... Qu'est-ce que tu as donc ? »

Ce compliment la fit rire. Puis, comme il lui prenait les mains, ayant l'air de jouer, ainsi qu'ils jouaient ensemble autrefois, elle devint sérieuse, elle le tutoya brusquement, en lui disant tout bas, d'une voix un peu rauque :

« Non, non, pas ici... Prends garde ! voici ta mère. »

II

Quinze jours plus tard, la famille Rostand partait pour la Blancarde. L'avoué devait attendre les vacances des tribunaux, et d'ailleurs le mois de septembre était d'un grand charme, au bord de la mer. Les chaleurs finissaient, les nuits avaient une fraîcheur délicieuse.

La Blancarde ne se trouvait pas dans L'Estaque même, un bourg situé à l'extrême banlieue de Marseille, au fond d'un cul-de-sac de rochers, qui ferme le golfe. Elle se dressait au-delà du village, sur une falaise ; de toute la baie, on apercevait sa façade jaune, au milieu d'un bouquet de grands pins. C'était une de ces bâtisses carrées, lourdes, percées de fenêtres irrégulières, qu'on appelle des châteaux en Provence. Devant la maison, une large terrasse s'étendait à pic sur une étroite plage de cailloux. Derrière, il y avait un vaste clos, des terres maigres où quelques vignes, des amandiers et des oliviers consentaient seuls à pousser. Mais un des inconvénients, un des dangers de la Blancarde était que la mer ébranlait continuellement la falaise ; des infiltrations, provenant de sources voisines, se produisaient dans cette masse amollie de terre glaise et de roches ; et il arrivait, à chaque saison, que des blocs énormes se détachaient pour tomber dans l'eau avec un bruit épouvantable. Peu à peu, la propriété s'échancrait. Des pins avaient déjà été engloutis.

Depuis quarante ans, les Micoulin étaient mégers à la Blancarde. Selon l'usage provençal, ils cultivaient le bien et partageaient les récoltes avec le propriétaire. Ces récoltes étant pauvres, ils seraient morts de famine, s'ils n'avaient pas pêché un peu de poisson l'été. Entre un labourage et un ensemencement, ils donnaient un coup de filet. La famille était composée du père Micoulin, un dur vieillard à la face noire et creusée, devant lequel toute la maison tremblait ; de la mère Micoulin, une grande femme abêtie par le travail de la terre au plein soleil ; d'un fils qui servait pour le moment sur l'*Arrogante*, et de Naïs que son père envoyait travailler dans une fabrique de tuiles, malgré toute la besogne qu'il y avait au logis. L'habitation du méger, une masure collée à l'un des flancs de la Blancarde, s'égayait rarement d'un rire ou d'une chanson. Micoulin gardait un silence de vieux sauvage, enfoncé dans les réflexions de son expérience. Les deux femmes éprouvaient pour lui ce respect terrifié que les filles et les épouses du Midi témoignent au chef de la famille. Et la paix n'était guère troublée que par les appels furieux de la mère, qui se mettait les poings sur les hanches pour enfler son gosier à le rompre, en jetant aux quatre points du ciel le nom de Naïs, dès que sa fille disparaissait. Naïs entendait d'un kilomètre et rentrait, toute pâle de colère contenue.

Elle n'était point heureuse, la belle Naïs, comme on la nommait à L'Estaque. Elle avait seize ans, que Micoulin, pour un oui, pour un non, la frappait au visage, si rudement, que le sang lui partait du nez ; et, maintenant encore, malgré ses vingt ans passés, elle gardait pendant des semaines les épaules bleues des sévérités du père. Celui-ci n'était pas méchant, il usait simplement avec rigueur de sa royauté, voulant être obéi, ayant dans le sang l'ancienne autorité latine, le droit de vie et de mort sur les siens. Un jour, Naïs, rouée de coups, ayant osé lever la main pour se défendre, il avait failli la tuer. La jeune fille, après ces corrections, restait frémissante. Elle s'asseyait par terre, dans un coin noir, et là, les yeux secs, dévorait l'affront. Une rancune sombre la tenait ainsi muette pendant des heures, à rouler des vengeances qu'elle ne pouvait exécuter. C'était le sang même de son père qui se révoltait en elle, un emportement aveugle, un besoin furieux d'être la plus forte. Quand elle voyait sa mère, tremblante et soumise, se faire toute petite devant Micoulin, elle la regardait pleine de mépris. Elle disait souvent : « Si j'avais un mari comme ça, je le tuerais. »

Naïs préférait encore les jours où elle était battue, car ces violences la secouaient. Les autres jours, elle menait une existence si étroite, si enfermée, qu'elle se mourait d'ennui. Son père lui défendait de descendre à L'Estaque, la tenait à la maison dans des occupations continuelles ; et, même lorsqu'elle n'avait rien à faire, il voulait qu'elle restât là, sous ses yeux. Aussi attendait-elle le mois de septembre avec impatience ; dès que les maîtres habitaient la Blancarde, la surveillance de Micoulin se relâchait forcément. Naïs, qui faisait des courses pour Mme Rostand, se dédommageait de son emprisonnement de toute l'année.

Un matin, le père Micoulin avait réfléchi que cette grande fille pouvait lui rapporter trente sous par jour. Alors, il l'émancipa, il l'envoya travailler dans une tuilerie. Bien que le travail y fût très dur, Naïs était enchantée. Elle partait dès le matin, allait de l'autre côté de L'Estaque et restait jusqu'au soir au grand soleil, à retourner des tuiles pour les faire sécher. Ses mains s'usaient à cette corvée de manœuvre, mais elle ne sentait plus son père derrière son dos, elle riait librement avec des garçons. Ce fut là, dans ce labeur si rude, qu'elle se développa et devint une belle fille. Le soleil ardent lui dorait la peau, lui mettait au cou une large collerette d'ambre ; ses cheveux noirs poussaient, s'entassaient, comme pour la garantir de leurs mèches volantes ; son corps, continuellement penché et balancé dans le va-et-vient de sa besogne, prenait une vigueur souple de jeune guerrière. Lorsqu'elle se relevait, sur le terrain battu, au milieu de ces argiles rouges, elle ressemblait à une amazone antique, à quelque terre cuite puissante, tout à coup animée par la pluie de flammes qui tombait du ciel. Aussi Micoulin la couvait-il de ses petits yeux, en la voyant embellir. Elle riait trop, cela ne lui paraissait pas naturel qu'une fille fût si gaie. Et il se promettait d'étrangler les amoureux, s'il en découvrait jamais autour de ses jupes.

Des amoureux, Naïs en aurait eu des douzaines, mais elle les décourageait. Elle se moquait de tous les garçons. Son seul bon ami était un bossu, occupé à la même tuilerie qu'elle, un petit homme nommé Toine, que la maison des enfants trouvés d'Aix avait envoyé à L'Estaque, et qui était resté là, adopté par le pays. Il riait d'un joli rire, ce bossu, avec son profil de polichinelle. Naïs le tolérait pour sa douceur. Elle faisait de lui ce qu'elle voulait, le rudoyait souvent, lorsqu'elle avait à se venger sur quelqu'un d'une violence de son père. Du reste, cela ne tirait pas à conséquence. Dans le pays, on riait de Toine. Micoulin avait dit : « Je lui permets le bossu, je la connais, elle est trop fière ! »

Cette année-là, quand Mme Rostand fut installée à la Blancarde, elle demanda au méger de lui prêter Naïs, une de ses bonnes étant malade. Justement, la tuilerie chômait. D'ailleurs, Micoulin, si dur pour les siens, se montrait politique à l'égard des maîtres ; il n'aurait pas refusé sa fille, même si la demande l'eût contrarié. M. Rostand avait dû se rendre à Paris, pour des affaires graves, et Frédéric se trouvait à la campagne seul avec sa mère. Les premiers jours, d'habitude, le jeune homme était pris d'un grand besoin d'exercice, grisé par l'air, allant en compagnie de Micoulin jeter ou retirer les filets, faisant de longues promenades au fond des gorges qui viennent déboucher à L'Estaque. Puis, cette belle ardeur se calmait, il restait allongé des journées entières sous les pins, au bord de la terrasse, dormant à moitié, regardant la mer, dont le bleu monotone finissait par lui causer un ennui mortel. Au bout de quinze jours, généralement, le séjour de la Blancarde l'assommait. Alors, il inventait chaque matin un prétexte pour filer à Marseille.

Le lendemain de l'arrivée des maîtres, Micoulin, au lever du soleil, appela Frédéric. Il s'agissait d'aller lever des jambins, de longs paniers à étroite ouverture de souricière, dans lesquels les poissons de fond se prennent. Mais le jeune homme fit la sourde oreille. La pêche ne paraissait pas le tenter. Quand il fut levé, il s'installa sous les pins, étendu sur le dos, les regards perdus au ciel. Sa mère fut toute surprise de ne pas le voir partir pour une de ces grandes courses dont il revenait affamé.

« Tu ne sors pas ? demanda-t-elle.

— Non, mère, répondit-il. Puisque papa n'est pas là, je reste avec vous. »

Le méger, qui entendit cette réponse, murmura en patois :

« Allons, M. Frédéric ne va pas tarder à partir pour Marseille. »

Frédéric, pourtant, n'alla pas à Marseille. La semaine s'écoula, il était toujours allongé, changeant simplement de place, quand le soleil le gagnait. Par contenance, il avait pris un livre ; seulement, il ne lisait guère ; le livre, le plus souvent, traînait parmi les aiguilles de pin, séchées sur la terre dure. Le jeune homme ne regardait même pas la mer ; la face tournée vers la maison, il semblait s'intéresser au service, guetter les bonnes qui allaient et venaient, traversant la terrasse à toute minute ; et quand c'était Naïs qui passait, de courtes flammes s'allumaient dans ses yeux de jeune maître sensuel. Alors, Naïs ralentissait le pas, s'éloignait avec le balancement rythmé de sa taille, sans jamais jeter un regard sur lui.

Pendant plusieurs jours, ce jeu dura. Devant sa mère, Frédéric traitait Naïs presque durement, en servante maladroite. La jeune fille grondée baissait les yeux, avec une sournoiserie heureuse, comme pour jouir de ces fâcheries.

Un matin, au déjeuner, Naïs cassa un saladier. Frédéric s'emporta.

« Est-elle sotte ! cria-t-il. Où a-t-elle la tête ? »

Et il se leva furieux, en ajoutant que son pantalon était perdu. Une goutte d'huile l'avait taché au genou. Mais il en faisait une affaire.

« Quand tu me regarderas ! Donne-moi une serviette et de l'eau... Aide-moi. »

Naïs trempa le coin d'une serviette dans une tasse, puis se mit à genoux devant Frédéric, pour frotter la tache.

« Laisse, répétait Mme Rostand. C'est comme si tu ne faisais rien. »

Mais la jeune fille ne lâchait point la jambe de son maître, qu'elle continuait à frotter de toute la force de ses beaux bras. Lui, grondait toujours des paroles sévères.

« Jamais on n'a vu une pareille maladresse... Elle l'aurait fait exprès que ce saladier ne serait pas venu se casser plus près de moi... Ah bien ! si elle nous servait à Aix, notre porcelaine serait vite en pièces ! »

Ces reproches étaient si peu proportionnés à la faute, que Mme Rostand crut devoir calmer son fils, lorsque Naïs ne fut plus là.

« Qu'as-tu donc contre cette pauvre fille ? On dirait que tu ne peux la souffrir... Je te prie d'être plus doux pour elle. C'est une ancienne camarade de jeux, et elle n'a pas ici la situation d'une servante ordinaire.

— Eh ! elle m'ennuie ! » répondit Frédéric, en affectant un air de brutalité.

Le soir même, à la nuit tombée, Naïs et Frédéric se rencontrèrent dans l'ombre, au bout de la terrasse. Ils ne s'étaient point encore parlé seul à seule. On ne pouvait les entendre de la maison. Les pins secouaient dans l'air mort une chaude senteur résineuse. Alors, elle, à voix basse, demanda, en retrouvant le tutoiement de leur enfance :

« Pourquoi m'as-tu grondée, Frédéric ?... Tu es bien méchant. »

Sans répondre, il lui prit les mains, il l'attira contre sa poitrine, la baisa aux lèvres. Elle le laissa faire, et s'en alla ensuite, pendant qu'il s'asseyait sur le parapet, pour ne point paraître devant sa mère tout secoué d'émotion. Dix minutes plus tard, elle servait à table, avec son grand calme un peu fier.

Frédéric et Naïs ne se donnèrent pas de rendez-vous. Ce fut une nuit qu'ils se retrouvèrent sous un olivier, au bord de la falaise. Pendant le repas, leurs yeux s'étaient plusieurs fois rencontrés avec une fixité ardente. La nuit était très chaude, Frédéric fuma des cigarettes à sa fenêtre jusqu'à une heure, interrogeant l'ombre. Vers une heure, il aperçut une forme vague qui se glissait le long de la terrasse. Alors, il n'hésita plus. Il descendit sur le toit d'un hangar, d'où il sauta ensuite à terre, en s'aidant de longues perches, posées là, dans un angle ; de cette façon, il ne craignait pas de réveiller sa mère. Puis, quand il fut en bas, il marcha droit à un vieil olivier, certain que Naïs l'attendait.

« Tu es là ? demanda-t-il à demi-voix.

— Oui », répondit-elle simplement.

Et il s'assit près d'elle, dans le chaume ; il la prit à la taille, tandis qu'elle appuyait la tête sur son épaule. Un instant, ils restèrent sans parler. Le vieil olivier, au bois noueux, les couvrait de son toit de feuilles grises. En face, la mer s'étendait, noire, immobile sous les étoiles. Marseille, au fond du golfe, était caché par une brume ; à gauche, seul le phare tournant de Planier revenait toutes les minutes, trouant les ténèbres d'un rayon jaune, qui s'éteignait brusquement ; et rien n'était plus doux ni plus tendre que cette lumière, sans cesse perdue à l'horizon, et sans cesse retrouvée.

« Ton père est donc absent ? reprit Frédéric.

— J'ai sauté par la fenêtre », dit-elle de sa voix grave.

Ils ne parlèrent point de leur amour. Cet amour venait de loin, du fond de leur enfance. Maintenant, ils se rappelaient des jeux où le désir perçait déjà dans l'enfantillage. Cela leur semblait naturel, de glisser à des caresses. Ils n'auraient su que se dire, ils avaient l'unique besoin d'être l'un à l'autre. Lui, la trouvait belle, excitante avec son hâle et son odeur de terre, et elle, goûtait un orgueil de fille battue, à devenir la maîtresse du jeune maître. Elle s'abandonna. Le jour allait paraître, quand tous deux rentrèrent dans leurs chambres par le chemin qu'ils avaient pris pour en sortir.

III

Quel mois adorable ! Il ne plut pas un seul jour. Le ciel, toujours bleu, développait un satin que pas un nuage ne venait tacher. Le soleil se levait dans un cristal rose et se couchait dans une poussière d'or. Pourtant, il ne faisait point trop chaud, la brise de mer montait avec le soleil et s'en allait avec lui ; puis, les nuits avaient une fraîcheur délicieuse, tout embaumée des plantes aromatiques chauffées pendant le jour, fumant dans l'ombre.

Le pays est superbe. Des deux côtés du golfe, des bras de rochers s'avancent, tandis que les îles, au large, semblent barrer l'horizon ; et la mer n'est plus qu'un vaste bassin, un lac d'un bleu intense par les beaux temps. Au pied des montagnes, au fond, Marseille étage ses maisons sur des collines basses ; quand l'air est limpide, on aperçoit, de L'Estaque, la jetée grise de la Joliette, avec les fines mâtures des vaisseaux, dans le port ; puis, derrière, des façades se montrent au milieu de massifs d'arbres, la chapelle de Notre-Dame-de-la-Garde blanchit sur une hauteur, en plein ciel. Et la côte part de Marseille, s'arrondit, se creuse en larges échancrures avant d'arriver à L'Estaque, bordée d'usines qui lâchent, par moments, de hauts panaches de fumée. Lorsque le soleil tombe d'aplomb, la mer, presque noire, est comme endormie entre les deux promontoires de rochers, dont la blancheur se chauffe de jaune et de brun. Les pins tachent de vert sombre les terres rougeâtres. C'est un vaste tableau, un coin entrevu de l'Orient, s'enlevant dans la vibration aveuglante du jour.

Mais L'Estaque n'a pas seulement cette échappée sur la mer. Le village, adossé aux montagnes, est traversé par des routes qui vont se perdre au milieu d'un chaos de roches foudroyées. Le chemin de fer de Marseille à Lyon court parmi les grands blocs, traverse des ravins sur des ponts, s'enfonce brusquement sous le roc lui-même, et y reste pendant une lieue et demie, dans ce tunnel de la Nerthe, le plus long de France. Rien n'égale la majesté sauvage de ces gorges qui se creusent entre les collines, chemins étroits serpentant au fond d'un gouffre, flancs arides plantés de pins, dressant des murailles aux colorations de rouille et de sang. Parfois, les défilés s'élargissent, un champ maigre d'oliviers occupe le creux d'un vallon, une maison perdue montre sa façade peinte, aux volets fermés. Puis, ce sont encore des sentiers pleins de ronces, des fourrés impénétrables, des éboulements de cailloux, des torrents desséchés, toutes les surprises d'une marche dans un désert. En haut, au-dessus de la bordure noire des pins, le ciel met la bande continue de sa fine soie bleue.

Et il y a aussi l'étroit littoral entre les rochers et la mer, des terres rouges où les tuileries, la grande industrie de la contrée, ont creusé d'immenses trous, pour extraire l'argile. C'est un sol crevassé, bouleversé, à peine planté de quelques arbres chétifs, et dont une haleine d'ardente passion semble avoir séché les sources. Sur les chemins, on croirait marcher dans un lit de plâtre, on enfonce jusqu'aux chevilles ; et, aux moindres souffles de vent, de grandes poussières volantes poudrent les haies. Le long des murailles, qui jettent des réverbérations de four, de petits lézards gris dorment, tandis que, du brasier des herbes roussies, des nuées de sauterelles s'envolent, avec un crépitement d'étincelles. Dans l'air immobile et lourd, dans la somnolence de midi, il n'y a d'autre vie que le chant monotone des cigales.

Ce fut au travers de cette contrée de flammes que Naïs et Frédéric s'aimèrent pendant un mois. Il semblait que tout ce feu du ciel était passé dans leur sang. Les huit premiers jours, ils se contentèrent de se retrouver la nuit, sous le même olivier, au bord de la falaise. Ils y goûtaient des joies exquises. La nuit fraîche calmait leur fièvre, ils tendaient parfois leurs visages et leurs mains brûlantes aux haleines qui passaient, pour les rafraîchir comme dans une source froide. La mer, à leurs pieds, au bas des roches, avait une plainte voluptueuse et lente. Une odeur pénétrante d'herbes marines les grisait de désirs. Puis, aux bras l'un de l'autre, las d'une fatigue heureuse, ils regardaient, de l'autre côté des eaux, le flamboiement nocturne de Marseille, les feux rouges de l'entrée du port jetant dans la mer des reflets sanglants, les étincelles du gaz dessinant, à droite et à gauche, les courbes allongées des faubourgs ; au milieu, sur la ville, c'était un pétillement de lueurs vives, tandis que le jardin de la colline Bonaparte était nettement indiqué par deux rampes de clartés, qui tournaient au bord du ciel. Toutes ces lumières, au-delà du golfe endormi, semblaient éclairer quelque ville du rêve, que l'aurore devait emporter. Et le ciel, élargi au-dessus du chaos noir de l'horizon, était pour eux un grand charme, un charme qui les inquiétait et les faisait se serrer davantage. Une pluie d'étoiles tombait. Les constellations, dans ces nuits claires de la Provence, avaient des flammes vivantes. Frémissant sous ces vastes espaces, ils baissaient la tête, ils ne s'intéressaient plus qu'à l'étoile solitaire du phare de Planier, dont la lueur dansante les attendrissait, pendant que leurs lèvres se cherchaient encore.

Mais, une nuit, ils trouvèrent une large lune à l'horizon, dont la face jaune les regardait. Dans la mer, une traînée de feu luisait, comme si un poisson gigantesque, quelque anguille des grands fonds, eût fait glisser les anneaux sans fin de ses écailles d'or ; et un demi-jour éteignait les clartés de Marseille, baignait les collines et les échancrures du golfe. À mesure que la lune montait, le jour grandissait, les ombres devenaient plus nettes. Dès lors, ce témoin les gêna. Ils eurent peur d'être surpris, en restant si près de la Blancarde. Au rendez-vous suivant, ils sortirent du clos par un coin de mur écroulé, ils promenèrent leurs amours dans tous les abris que le pays offrait. D'abord, ils se réfugièrent au fond d'une tuilerie abandonnée : le hangar ruiné y surmontait une cave, dans laquelle les deux bouches du four s'ouvraient encore. Mais ce trou les attristait, ils préféraient sentir sur leurs têtes le ciel libre. Ils coururent les carrières d'argile rouge, ils découvrirent des cachettes délicieuses, de véritables déserts de quelques mètres carrés, d'où ils entendaient seulement les aboiements des chiens qui gardaient les bastides. Ils allèrent plus loin, se perdirent en promenades le long de la côte rocheuse, du côté de Niolon, suivirent aussi les chemins étroits des gorges, cherchèrent les grottes, les crevasses lointaines. Ce fut, pendant quinze jours, des nuits pleines de jeux et de tendresses. La lune avait disparu, le ciel était redevenu noir ; mais, maintenant, il leur semblait que la Blancarde était trop petite pour les contenir, ils avaient le besoin de se posséder dans toute la largeur de la terre.

Une nuit, comme ils suivaient un chemin au-dessus de L'Estaque, pour gagner les gorges de la Nerthe, ils crurent entendre un pas étouffé qui les accompagnait, derrière un petit bois de pins, planté au bord de la route. Ils s'arrêtèrent, pris d'inquiétude.

« Entends-tu ? demanda Frédéric.

— Oui, quelque chien perdu », murmura Naïs.

Et ils continuèrent leur marche. Mais, au premier coude du chemin, comme le petit bois cessait, ils virent distinctement une masse noire se glisser derrière les rochers. C'était, à coup sûr, un être humain, bizarre et comme bossu. Naïs eut une légère exclamation.

« Attends-moi », dit-elle rapidement.

Elle s'élança à la poursuite de l'ombre. Bientôt, Frédéric entendit un chuchotement rapide. Puis elle revint, tranquille, un peu pâle.

« Qu'est-ce donc ? demanda-t-il.

— Rien », dit-elle.

Après un silence, elle reprit :

« Si tu entends marcher, n'aie pas peur. C'est Toine, tu sais ? Le bossu. Il veut veiller sur nous. »

En effet, Frédéric sentait parfois dans l'ombre quelqu'un qui les suivait. Il y avait comme une protection autour d'eux. À plusieurs reprises, Naïs avait voulu chasser Toine ; mais le pauvre être ne demandait qu'à être son chien : on ne le verrait pas, on ne l'entendrait pas, pourquoi ne point lui permettre d'agir à sa guise ? Dès lors, si les amants eussent écouté, quand ils se baisaient à pleine bouche dans les tuileries en ruine, au milieu des carrières désertes, au fond des gorges perdues, ils auraient surpris derrière eux des bruits étouffés de sanglots. C'était Toine, leur chien de garde, qui pleurait dans ses poings tordus.

Et ils n'avaient pas que les nuits. Maintenant, ils s'enhardissaient, ils profitaient de toutes les occasions. Souvent, dans un corridor de la Blancarde, dans une pièce où ils se rencontraient, ils échangeaient un long baiser. Même à table, lorsqu'elle servait et qu'il demandait du pain ou une assiette, il trouvait le moyen de lui serrer les doigts. La rigide Mme Rostand, qui ne voyait rien, accusait toujours son fils d'être trop sévère pour son ancienne camarade. Un jour, elle faillit les surprendre ; mais la jeune fille, ayant entendu le petit bruit de sa robe, se baissa vivement et se mit à essuyer avec son mouchoir les pieds du jeune maître, blancs de poussière.

Naïs et Frédéric goûtaient encore mille petites joies. Souvent, après le dîner, quand la soirée était fraîche, Mme Rostand voulait faire une promenade. Elle prenait le bras de son fils, elle descendait à L'Estaque, en chargeant Naïs de porter son châle, par précaution. Tous trois allaient ainsi voir l'arrivée des pêcheurs de sardines. En mer, des lanternes dansaient, on distinguait bientôt les masses noires des barques, qui abordaient avec le sourd battement des rames. Les jours de grande pêche, des voix joyeuses s'élevaient, des femmes accouraient, chargées de paniers ; et les trois hommes qui montaient chaque barque se mettaient à dévider le filet, laissé en tas sous les bancs. C'était comme un large ruban sombre, tout pailleté de lames d'argent ; les sardines, pendues par les ouïes aux fils des mailles, s'agitaient encore, jetaient des reflets de métal ; puis, elles tombaient dans les paniers, ainsi qu'une pluie d'écus, à la lumière pâle des lanternes. Souvent, Mme Rostand restait devant une barque, amusée par ce spectacle ; elle avait lâché le bras de son fils, elle causait avec les pêcheurs, tandis que Frédéric, près de Naïs, en dehors du rayon de la lanterne, lui serrait les poignets à les briser.

Cependant, le père Micoulin gardait son silence de bête expérimentée et têtue. Il allait en mer, revenait donner un coup de bêche, de sa même allure sournoise. Mais ses petits yeux gris avaient depuis quelque temps une inquiétude. Il jetait sur Naïs des regards obliques, sans rien dire. Elle lui semblait changée, il flairait en elle des choses qu'il ne s'expliquait pas. Un jour, elle osa lui tenir tête. Micoulin lui allongea un tel soufflet qu'il lui fendit la lèvre.

Le soir, quand Frédéric sentit sous un baiser la bouche de Naïs enflée, il l'interrogea vivement.

« Ce n'est rien, un soufflet que mon père m'a donné », dit-elle.

Sa voix s'était assombrie. Comme le jeune homme se fâchait et déclarait qu'il mettrait ordre à cela :

« Non, laisse, reprit-elle, c'est mon affaire... Oh ! ça finira ! »

Elle ne lui parlait jamais des gifles qu'elle recevait. Seulement, les jours où son père l'avait battue, elle se pendait au cou de son amant avec plus d'ardeur, comme pour se venger du vieux.

Depuis trois semaines, Naïs sortait presque chaque nuit. D'abord elle avait pris de grandes précautions, puis une audace froide lui était venue, et elle osait tout. Quand elle comprit que son père se doutait de quelque chose, elle redevint prudente. Elle manqua deux rendez-vous. Sa mère lui avait dit que Micoulin ne dormait plus la nuit : il se levait, allait d'une pièce dans une autre. Mais, devant les regards suppliants de Frédéric, le troisième jour, Naïs oublia de nouveau toute prudence. Elle descendit vers onze heures, en se promettant de ne point rester plus d'une heure dehors ; et elle espérait que son père, dans le premier sommeil, ne l'entendrait pas.

Frédéric l'attendait sous les oliviers. Sans parler de ses craintes, elle refusa d'aller plus loin. Elle se sentait trop lasse, disait-elle, ce qui était vrai, car elle ne pouvait, comme lui, dormir pendant le jour. Ils se couchèrent à leur place habituelle, au-dessus de la mer, devant Marseille allumé. Le phare de Planier luisait. Naïs, en le regardant, s'endormit sur l'épaule de Frédéric. Celui-ci ne remua plus ; et peu à peu il céda lui-même à la fatigue, ses yeux se fermèrent. Tous deux, aux bras l'un de l'autre, mêlaient leurs haleines.

Aucun bruit, on n'entendait que la chanson aigre des sauterelles vertes. La mer dormait comme les amants. Alors, une forme noire sortit de l'ombre et s'approcha. C'était Micoulin, qui, réveillé par le craquement d'une fenêtre, n'avait pas trouvé Naïs dans sa chambre. Il était sorti, en emportant une petite hachette, à tout hasard. Quand il aperçut une tache sombre sous l'olivier, il serra le manche de la hachette. Mais les enfants ne bougeaient point, il put arriver jusqu'à eux, se baisser, les regarder au visage. Un léger cri lui échappa, il venait de reconnaître le jeune maître. Non, non, il ne pouvait le tuer ainsi : le sang répandu sur le sol, qui en garderait la trace, lui coûterait trop cher. Il se releva, deux plis de décision farouche coupaient sa face de vieux cuir, raidie de rage contenue. Un paysan n'assassine pas son maître ouvertement, car le maître, même enterré, est toujours le plus fort. Et le père Micoulin hocha la tête, s'en alla à pas de loup, en laissant les deux amoureux dormir.

Quand Naïs rentra, un peu avant le jour, très inquiète de sa longue absence, elle trouva sa fenêtre telle qu'elle l'avait laissée. Au déjeuner, Micoulin la regarda tranquillement manger son morceau de pain. Elle se rassura, son père ne devait rien savoir.

IV

« Monsieur Frédéric, vous ne venez donc plus en mer ? » demanda un soir le père Micoulin.

Mme Rostand, assise sur la terrasse, à l'ombre des pins, brodait un mouchoir, tandis que son fils, couché près d'elle, s'amusait à jeter des petits cailloux.

« Ma foi, non ! répondit le jeune homme. Je deviens paresseux.

— Vous avez tort, reprit le méger. Hier, les jambins étaient pleins de poissons. On prend ce qu'on veut, en ce moment... Cela vous amuserait. Accompagnez-moi demain matin. »

Il avait l'air si bonhomme, que Frédéric, qui songeait à Naïs et ne voulait pas le contrarier, finit par dire :

« Mon Dieu ! je veux bien... Seulement, il faudra me réveiller. Je vous préviens qu'à cinq heures je dors comme une souche. »

Mme Rostand avait cessé de broder, légèrement inquiète.

« Et surtout soyez prudents, murmura-t-elle. Je tremble toujours, lorsque vous êtes en mer. »

Le lendemain matin, Micoulin eut beau appeler M. Frédéric, la fenêtre du jeune homme resta fermée.

Alors, il dit à sa fille, d'une voix dont elle ne remarqua pas l'ironie sauvage :

« Monte, toi... Il t'entendra peut-être. »

Ce fut Naïs qui, ce matin-là, réveilla Frédéric. Encore tout ensommeillé, il l'attirait dans la chaleur du lit ; mais elle lui rendit vivement son baiser et s'échappa. Dix minutes plus tard, le jeune homme parut, tout habillé de toile grise. Le père Micoulin l'attendait patiemment, assis sur le parapet de la terrasse.

« Il fait déjà frais, vous devriez prendre un foulard », dit-il.

Naïs remonta chercher un foulard. Puis, les deux hommes descendirent l'escalier, aux marches raides, qui conduisait à la mer, pendant que la jeune fille, debout, les suivait des yeux. En bas, le père Micoulin leva la tête, regarda Naïs ; et deux grands plis se creusaient aux coins de sa bouche.

Depuis cinq jours, le terrible vent du nord-ouest, le mistral, soufflait. La veille, il était tombé vers le soir. Mais, au lever du soleil, il avait repris, faiblement d'abord. La mer, à cette heure matinale, houleuse sous les haleines brusques qui la fouettaient, se moirait de bleu sombre ; et, éclairée de biais par les premiers rayons, elle roulait de petites flammes à la crête de chaque vague. Le ciel était presque blanc, d'une limpidité cristalline. Marseille, dans le fond, avait une netteté de détails qui permettait de compter les fenêtres sur les façades des maisons ; tandis que les rochers du golfe s'allumaient de teintes roses, d'une extrême délicatesse.

« Nous allons être secoués pour revenir, dit Frédéric.

— Peut-être », répondit simplement Micoulin.

Il ramait en silence, sans tourner la tête. Le jeune homme avait un instant regardé son dos rond, en pensant à Naïs ; il ne voyait du vieux que la nuque brûlée de hâle, et deux bouts d'oreilles rouges, où pendaient des anneaux d'or. Puis, il s'était penché, s'intéressant aux profondeurs marines qui fuyaient sous la barque. L'eau se troublait, seules de grandes herbes vagues flottaient comme des cheveux de noyé. Cela l'attrista, l'effraya même un peu.

« Dites donc, père Micoulin, reprit-il après un long silence, voilà le vent qui prend de la force. Soyez prudent... Vous savez que je nage comme un cheval de plomb.

— Oui, oui, je sais », dit le vieux de sa voix sèche.

Et il ramait toujours, d'un mouvement mécanique. La barque commençait à danser, les petites flammes, aux crêtes des vagues, étaient devenues des flots d'écume qui volaient sous les coups de vent. Frédéric ne voulait pas montrer sa peur, mais il était médiocrement rassuré, il eût donné beaucoup pour se rapprocher de la terre. Il s'impatienta, il cria :

« Où diable avez-vous fourré vos jambins, aujourd'hui ?... Est-ce que nous allons à Alger ? »

Mais le père Micoulin répondit de nouveau, sans se presser :

« Nous arrivons, nous arrivons. »

Tout d'un coup, il lâcha les rames, il se dressa dans la barque, chercha du regard, sur la côte, les deux points de repère ; et il dut ramer cinq minutes encore, avant d'arriver au milieu des bouées de liège, qui marquaient la place des jambins. Là, au moment de retirer les paniers, il resta quelques secondes tourné vers la Blancarde. Frédéric, en suivant la direction de ses yeux, vit distinctement, sous les pins, une tache blanche. C'était Naïs, toujours accoudée à la terrasse, et dont on apercevait la robe claire.

« Combien avez-vous de jambins ? demanda Frédéric.

— Trente-cinq... Il ne faut pas flâner. »

Il saisit la bouée la plus voisine, il tira le premier panier. La profondeur était énorme, la corde n'en finissait plus. Enfin, le panier parut, avec la grosse pierre qui le maintenait au fond ; et, dès qu'il fut hors de l'eau, trois poissons se mirent à sauter comme des oiseaux dans une cage. On aurait cru entendre un bruit d'ailes. Dans le second panier, il n'y avait rien. Mais, dans le troisième, se trouvait, par une rencontre assez rare, une petite langouste qui donnait de violents coups de queue. Dès lors, Frédéric se passionna, oubliant ses craintes, se penchant au bord de la barque, attendant les paniers avec un battement de cœur. Quand il entendait le bruit d'ailes, il éprouvait une émotion pareille à celle du chasseur qui vient d'abattre une pièce de gibier. Un à un, cependant, tous les paniers rentraient dans la barque ; l'eau ruisselait, bientôt les trente-cinq y furent. Il y avait au moins quinze livres de poisson, ce qui est une pêche superbe pour la baie de Marseille, que plusieurs causes, et surtout l'emploi de filets à mailles trop petites, dépeuplent depuis de longues années.

« Voilà qui est fini, dit Micoulin. Maintenant, nous pouvons retourner. »

Il avait rangé ses paniers à l'arrière, soigneusement. Mais, quand Frédéric le vit préparer la voile, il s'inquiéta de nouveau, il dit qu'il serait plus sage de revenir à la rame, par un vent pareil. Le vieux haussa les épaules. Il savait ce qu'il faisait. Et, avant de hisser la voile, il jeta un dernier regard du côté de la Blancarde. Naïs était encore là, avec sa robe claire.

Alors, la catastrophe fut soudaine, comme un coup de foudre. Plus tard, lorsque Frédéric voulut s'expliquer les choses, il se souvint que, brusquement, un souffle s'était abattu dans la voile, puis que tout avait culbuté. Et il ne se rappelait rien autre, un grand froid seulement, avec une profonde angoisse. Il devait la vie à un miracle : il était tombé sur la voile, dont l'ampleur l'avait soutenu. Des pêcheurs, ayant vu l'accident, accoururent et le recueillirent, ainsi que le père Micoulin, qui nageait déjà vers la côte.

Mme Rostand dormait encore. On lui cacha le danger que son fils venait de courir. Au bas de la terrasse, Frédéric et le père Micoulin, ruisselants d'eau, trouvèrent Naïs qui avait suivi le drame.

« Coquin de sort ! criait le vieux. Nous avions ramassé les paniers, nous allions rentrer... C'est pas de chance. »

Naïs, très pâle, regardait fixement son père.

« Oui, oui, murmura-t-elle, c'est pas de chance... Mais quand on vire contre le vent, on est sûr de son affaire. »

Micoulin s'emporta.

« Fainéante, qu'est-ce que tu fiches ?... Tu vois bien que M. Frédéric grelotte... Allons, aide-le à rentrer. »

Le jeune homme en fut quitte pour passer la journée dans son lit. Il parla d'une migraine à sa mère. Le lendemain, il trouva Naïs très sombre. Elle refusait les rendez-vous ; et, le rencontrant un soir dans le vestibule, elle le prit d'elle-même entre ses bras, elle le baisa avec passion. Jamais elle ne lui confia les soupçons qu'elle avait conçus. Seulement, à partir de ce jour, elle veilla sur lui. Puis, au bout d'une semaine, des doutes lui vinrent. Son père allait et venait comme d'habitude ; même il semblait plus doux, il la battait moins souvent.

Chaque saison, une des parties des Rostand était d'aller manger une bouillabaisse au bord de la mer, du côté de Niolon, dans un creux de rochers. Ensuite, comme il y avait des perdreaux dans les collines, les messieurs tiraient quelques coups de fusil. Cette année-là, Mme Rostand voulut emmener Naïs, qui les servirait ; et elle n'écouta pas les observations du méger, dont une contrariété vive ridait la face de vieux sauvage.

On partit de bonne heure. La matinée était d'une douceur charmante. Unie comme une glace sous le blond soleil, la mer déroulait une nappe bleue ; aux endroits où passaient des courants, elle frisait, le bleu se fonçait d'une pointe de laque violette, tandis qu'aux endroits morts, le bleu pâlissait, prenait une transparence laiteuse ; et l'on eût dit, jusqu'à l'horizon limpide, une immense pièce de satin déployée, aux couleurs changeantes. Sur ce lac endormi, la barque glissait mollement.

L'étroite plage où l'on aborda se trouvait à l'entrée d'une gorge, et l'on s'installa au milieu des pierres, sur une bande de gazon brûlé, qui devait servir de table.

C'était toute une histoire que cette bouillabaisse en plein air. D'abord, Micoulin rentra dans la barque et alla seul retirer ses jambins, qu'il avait placés la veille. Quand il revint, Naïs avait arraché des thyms, des lavandes, un tas de buissons secs suffisant pour allumer un grand feu. Le vieux, ce jour-là, devait faire la bouillabaisse, la soupe au poisson classique, dont les pêcheurs du littoral se transmettent la recette de père en fils. C'était une bouillabaisse terrible, fortement poivrée, terriblement parfumée d'ail écrasé. Les Rostand s'amusaient beaucoup de la confection de cette soupe.

« Père Micoulin, dit Mme Rostand qui daignait plaisanter en cette circonstance, allez-vous la réussir aussi bien que l'année dernière ? »

Micoulin semblait très gai. Il nettoya d'abord le poisson dans de l'eau de mer, pendant que Naïs sortait de la barque une grande poêle. Ce fut vite bâclé : le poisson au fond de la poêle, simplement couvert d'eau, avec de l'oignon, de l'huile, de l'ail, une poignée de poivre, une tomate, un demi-verre d'huile ; puis, la poêle sur le feu, un feu formidable, à rôtir un mouton. Les pêcheurs disent que le mérite de la bouillabaisse est dans la cuisson : il faut que la poêle disparaisse au milieu des flammes. Cependant, le méger, très grave, coupait des tranches de pain dans un saladier. Au bout d'une demi-heure, il versa le bouillon sur les tranches et servit le poisson à part.

« Allons ! dit-il. Elle n'est bonne que brûlante. »

Et la bouillabaisse fut mangée, au milieu des plaisanteries habituelles.

« Dites donc, Micoulin, vous avez mis de la poudre dedans ?

— Elle est bonne, mais il faut un gosier en fer. »

Lui, dévorait tranquillement ; avalant une tranche à chaque bouchée. D'ailleurs, il témoignait, en se tenant un peu à l'écart, combien il était flatté de déjeuner avec les maîtres.

Après le déjeuner, on resta là, en attendant que la grosse chaleur fût passée. Les rochers, éclatants de lumière, éclaboussés de tons roux, étalaient des ombres noires. Des buissons de chênes verts les tachaient de marbrures sombres, tandis que, sur les pentes, des bois de pins montaient, réguliers, pareils à une armée de petits soldats en marche. Un lourd silence tombait avec l'air chaud.

Mme Rostand avait apporté l'éternel travail de broderie qu'on lui voyait toujours aux mains. Naïs, assise près d'elle, paraissait s'intéresser au va-et-vient de l'aiguille. Mais son regard guettait son père. Il faisait la sieste, allongé à quelques pas. Un peu plus loin, Frédéric dormait lui aussi, sous son chapeau de paille rabattu, qui lui protégeait le visage.

Vers quatre heures, ils s'éveillèrent. Micoulin jurait qu'il connaissait une compagnie de perdreaux, au fond de la gorge. Trois jours auparavant, il les avait encore vus. Alors, Frédéric se laissa tenter, tous deux prirent leur fusil.

« Je t'en prie, criait Mme Rostand, sois prudent... Le pied peut glisser, et l'on se blesse soi-même.

— Ah ! ça arrive », dit tranquillement Micoulin.

Ils partirent, ils disparurent derrière les rochers. Naïs se leva brusquement et les suivit à distance, en murmurant :

« Je vais voir. »

Au lieu de rester dans le sentier, au fond de la gorge, elle se jeta vers la gauche, parmi des buissons, pressant le pas, évitant de faire rouler les pierres. Enfin, au coude du chemin, elle aperçut Frédéric. Sans doute, il avait déjà fait lever les perdreaux, car il marchait rapidement, à demi courbé, prêt à épauler son fusil. Elle ne voyait toujours pas son père. Puis, tout d'un coup, elle le découvrit de l'autre côté du ravin, sur la pente où elle se trouvait elle-même : il était accroupi, il semblait attendre. À deux reprises, il leva son arme. Si les perdreaux s'étaient envolés entre lui et Frédéric, les chasseurs, en tirant, pouvaient s'atteindre. Naïs, qui se glissait de buisson en buisson, était venue se placer, anxieuse, derrière le vieux.

Les minutes s'écoulaient. En face, Frédéric avait disparu dans un pli de terrain. Il reparut, il resta un moment immobile. Alors, de nouveau, Micoulin, toujours accroupi, ajusta longuement le jeune homme. Mais, d'un coup de pied, Naïs avait haussé le canon, et la charge partit en l'air, avec une détonation terrible, qui roula dans les échos de la gorge.

Le vieux s'était relevé. En apercevant Naïs, il saisit par le canon son fusil fumant, comme pour l'assommer d'un coup de crosse. La jeune fille se tenait debout, toute blanche, avec des yeux qui jetaient des flammes. Il n'osa pas frapper, il bégaya seulement en patois, tremblant de rage :

« Va, va, je le tuerai. »

Au coup de feu du méger, les perdreaux s'étaient envolés, Frédéric en avait abattu deux. Vers six heures, les Rostand rentrèrent à la Blancarde. Le père Micoulin ramait, de son air de brute têtue et tranquille.

V

Septembre s'acheva. Après un violent orage, l'air avait pris une grande fraîcheur. Les jours devenaient plus courts, et Naïs refusait de rejoindre Frédéric la nuit, en lui donnant pour prétexte qu'elle était trop lasse, qu'ils attraperaient du mal, sous les abondantes rosées qui trempaient la terre. Mais, comme elle venait chaque matin, vers six heures, et que Mme Rostand ne se levait guère que trois heures plus tard, elle montait dans la chambre du jeune homme, elle restait quelques instants, l'oreille aux aguets, écoutant par la porte laissée ouverte.

Ce fut l'époque de leurs amours où Naïs témoigna le plus de tendresse à Frédéric. Elle le prenait par le cou, approchait son visage, le regardait de tout près, avec une passion qui lui emplissait les yeux de larmes. Il semblait toujours qu'elle ne devait pas le revoir. Puis, elle lui mettait vivement une pluie de baisers sur le visage, comme pour protester et jurer qu'elle saurait le défendre.

« Qu'a donc Naïs ? disait souvent Mme Rostand. Elle change tous les jours. »

Elle maigrissait en effet, ses joues devenaient creuses. La flamme de ses regards s'était assombrie. Elle avait de longs silences, dont elle sortait en sursaut, de l'air inquiet d'une fille qui vient de dormir et de rêver.

« Mon enfant, si tu es malade, il faut te soigner », répétait sa maîtresse.

Mais Naïs, alors, souriait.

« Oh ! non, Madame, je me porte bien, je suis heureuse... Jamais je n'ai été si heureuse. »

Un matin, comme elle l'aidait à compter le linge, elle s'enhardit, elle osa la questionner.

« Vous resterez donc tard à la Blancarde, cette année ?

— Jusqu'à la fin d'octobre », répondit Mme Rostand.

Et Naïs demeura debout un instant, les yeux perdus ; puis, elle dit tout haut, sans en avoir conscience :

« Encore vingt jours. »

Un continuel combat l'agitait. Elle aurait voulu garder Frédéric auprès d'elle, et en même temps, à chaque heure, elle était tentée de lui crier : « Va-t'en ! » Pour elle, il était perdu ; jamais cette saison d'amour ne recommencerait, elle se l'était dit dès le premier rendez-vous. Même, un soir de sombre tristesse, elle se demanda si elle ne devait pas laisser tuer Frédéric par son père, pour qu'il n'allât pas avec d'autres ; mais la pensée de le savoir mort, lui si délicat, si blanc, plus demoiselle qu'elle, lui était insupportable ; et sa mauvaise pensée lui fit horreur. Non, elle le sauverait, il n'en saurait jamais rien, il ne l'aimerait bientôt plus ; seulement, elle serait heureuse de penser qu'il vivait.

Souvent, elle lui disait, le matin :

« Ne sors pas, ne va pas en mer, l'air est mauvais. »

D'autres fois, elle lui conseillait de partir.

« Tu dois t'ennuyer, tu ne m'aimeras plus... Va donc passer quelques jours à la ville. »

Lui, s'étonnait de ces changements d'humeur. Il trouvait la paysanne moins belle, depuis que son visage se séchait, et une satiété de ces amours violentes commençait à lui venir. Il regrettait l'eau de Cologne et la poudre de riz des filles d'Aix et de Marseille.

Toujours, bourdonnaient aux oreilles de Naïs les mots du père : « Je le tuerai... Je le tuerai... » La nuit, elle s'éveillait en rêvant qu'on tirait des coups de feu. Elle devenait peureuse, poussait un cri, pour une pierre qui roulait sous ses pieds. À toute heure, quand elle ne le voyait plus, elle s'inquiétait de « M. Frédéric ». Et, ce qui l'épouvantait, c'était qu'elle entendait, du matin au soir, le silence entêté de Micoulin répéter : « Je le tuerai. » Il n'avait plus fait une allusion, pas un mot, pas un geste ; mais, pour elle, les regards du vieux, chacun de ses mouvements, sa personne entière disait qu'il tuerait le jeune maître à la première occasion, quand il ne craindrait pas d'être inquiété par la justice. Après, il s'occuperait de Naïs. En attendant, il la traitait à coups de pied, comme un animal qui a fait une faute.

« Et ton père, il est toujours brutal ? lui demanda un matin Frédéric, qui fumait des cigarettes dans son lit, pendant qu'elle allait et venait, mettant un peu d'ordre.

— Oui, répondit-elle, il devient fou. »

Et elle montra ses jambes noires de meurtrissures. Puis, elle murmura ces mots qu'elle disait souvent d'une voix sourde :

« Ça finira, ça finira. »

Dans les premiers jours d'octobre, elle parut encore plus sombre. Elle avait des absences, remuait les lèvres, comme si elle se fût parlé tout bas. Frédéric l'aperçut plusieurs fois debout sur la falaise, ayant l'air d'examiner les arbres autour d'elle, mesurant d'un regard la profondeur du gouffre. À quelques jours de là, il la surprit avec Toine, le bossu, en train de cueillir des figues, dans un coin de la propriété. Toine venait aider Micoulin, quand il y avait trop de besogne. Il était sous le figuier, et Naïs, montée sur une grosse branche, plaisantait ; elle lui criait d'ouvrir la bouche, elle lui jetait des figues, qui s'écrasaient sur sa figure. Le pauvre être ouvrait la bouche, fermait les yeux avec extase ; et sa large face exprimait une béatitude sans bornes. Certes, Frédéric n'était pas jaloux, mais il ne put s'empêcher de la plaisanter.

« Toine se couperait la main pour nous, dit-elle de sa voix brève. Il ne faut pas le maltraiter, on peut avoir besoin de lui. »

Le bossu continua de venir tous les jours à la Blancarde. Il travaillait sur la falaise, à creuser un étroit canal pour mener les eaux au bout du jardin, dans un potager qu'on tentait d'établir. Parfois, Naïs allait le voir, et ils causaient vivement tous les deux. Il fit tellement traîner cette besogne, que le père Micoulin finit par le traiter de fainéant et par lui allonger des coups de pied dans les jambes, comme à sa fille.

Il y eut deux jours de pluie. Frédéric, qui devait retourner à Aix la semaine suivante, avait décidé qu'avant son départ il irait donner en mer un coup de filet avec Micoulin. Devant la pâleur de Naïs, il s'était mis à rire, en disant que cette fois il ne choisirait pas un jour de mistral. Alors, la jeune fille, puisqu'il partait bientôt, voulut lui accorder encore un rendez-vous, la nuit. Vers une heure, ils se retrouvèrent sur la terrasse. La pluie avait lavé le sol, une odeur forte sortait des verdures rafraîchies. Lorsque cette campagne si desséchée se mouille profondément, elle prend une violence de couleurs et de parfums : les terres rouges saignent, les pins ont des reflets d'émeraude, les rochers laissent éclater des blancheurs de linges fraîchement lessivés. Mais, dans la nuit, les amants ne goûtaient que les senteurs décuplées des thyms et des lavandes.

L'habitude les mena sous les oliviers. Frédéric s'avançait vers celui qui avait abrité leurs amours, tout au bord du gouffre, lorsque Naïs, comme revenant à elle, le saisit par les bras, l'entraîna loin du bord, en disant d'une voix tremblante :

« Non, non, pas là !

— Qu'as-tu donc ? » demanda-t-il.

Elle balbutiait, elle finit par dire qu'après une pluie comme celle de la veille, la falaise n'était pas sûre. Et elle ajouta :

« L'hiver dernier, un éboulement s'est produit ici près. »

Ils s'assirent plus en arrière, sous un autre olivier. Ce fut leur dernière nuit de tendresse. Naïs avait des étreintes inquiètes. Elle pleura tout d'un coup, sans vouloir avouer pourquoi elle était ainsi secouée. Puis, elle tombait dans des silences pleins de froideur. Et, comme Frédéric la plaisantait sur l'ennui qu'elle éprouvait maintenant avec lui, elle le reprenait follement, elle murmurait :

« Non, ne dis pas ça. Je t'aime trop... Mais, vois-tu, je suis malade. Et puis, c'est fini, tu vas partir... Ah ! mon Dieu, c'est fini... »

Il eut beau chercher à la consoler, en lui répétant qu'il reviendrait de temps à autre, et qu'au prochain automne, ils auraient encore deux mois devant eux : elle hochait la tête, elle sentait bien que c'était fini. Leur rendez-vous s'acheva dans un silence embarrassé ; ils regardaient la mer, Marseille qui étincelait, le phare de Planier qui brûlait solitaire et triste ; peu à peu, une mélancolie leur venait de ce vaste horizon. Vers trois heures, lorsqu'il la quitta et qu'il la baisa aux lèvres, il la sentit toute grelottante, glacée entre ses bras.

Frédéric ne put dormir. Il lut jusqu'au jour ; et, enfiévré d'insomnie, il se mit à la fenêtre, dès que l'aube parut. Justement, Micoulin allait partir pour retirer ses jambins. Comme il passait sur la terrasse, il leva la tête.

« Eh bien ! monsieur Frédéric, ce n'est pas ce matin que vous venez avec moi ? demanda-t-il.

— Ah ! non, père Micoulin, répondit le jeune homme, j'ai trop mal dormi... Demain, c'est convenu. »

Le méger s'éloigna d'un pas traînard. Il lui fallait descendre et aller chercher sa barque au pied de la falaise, juste sous l'olivier où il avait surpris sa fille. Quand il eut disparu, Frédéric, en tournant les yeux, fut étonné de voir Toine déjà au travail ; le bossu se trouvait près de l'olivier, une pioche à la main, réparant l'étroit canal que les pluies avaient crevé. L'air était frais, il faisait bon à la fenêtre. Le jeune homme rentra dans sa chambre pour rouler une cigarette. Mais, comme il revenait lentement s'accouder, un bruit épouvantable, un grondement de tonnerre, se fit entendre ; et il se précipita.

C'était un éboulement. Il distingua seulement Toine qui se sauvait en agitant sa bêche, dans un nuage de terre rouge. Au bord du gouffre, le vieil olivier aux branches tordues s'enfonçait, tombait tragiquement à la mer. Un rejaillissement d'écume montait. Cependant, un cri terrible avait traversé l'espace. Et Frédéric aperçut alors Naïs, qui, sur ses bras raidis, emportée par un élan de tout son corps, se penchait au-dessus du parapet de la terrasse, pour voir ce qui se passait au bas de la falaise. Elle restait là, immobile, allongée, les poignets comme scellés dans la pierre. Mais elle eut sans doute la sensation que quelqu'un la regardait, car elle se tourna, elle cria en voyant Frédéric :

« Mon père ! Mon père ! »

Une heure après, on trouva, sous les pierres, le corps de Micoulin mutilé horriblement. Toine, fiévreux, racontait qu'il avait failli être entraîné ; et tout le pays déclarait qu'on n'aurait pas dû faire passer un ruisseau là-haut, à cause des infiltrations. La mère Micoulin pleura beaucoup. Naïs accompagna son père au cimetière, les yeux secs et enflammés, sans trouver une larme.

Le lendemain de la catastrophe, Mme Rostand avait absolument voulu rentrer à Aix. Frédéric fut très satisfait de ce départ, en voyant ses amours dérangées par ce drame horrible ; d'ailleurs, décidément, les paysannes ne valaient pas les filles. Il reprit son existence. Sa mère, touchée de son assiduité près d'elle à la Blancarde, lui accorda une liberté plus grande. Aussi passa-t-il un hiver charmant : il faisait venir des dames de Marseille, qu'il hébergeait dans une chambre louée par lui, au faubourg ; il découchait, rentrait seulement aux heures où sa présence était indispensable, dans le grand hôtel froid de la rue du Collège ; et il espérait bien que son existence coulerait toujours ainsi.

À Pâques, M. Rostand dut aller à la Blancarde. Frédéric inventa un prétexte pour ne pas l'accompagner. Quand l'avoué revint, il dit, au déjeuner :

« Naïs se marie.

— Bah ! s'écria Frédéric stupéfait.

— Et vous ne devineriez jamais avec qui, continua M. Rostand. Elle m'a donné de si bonnes raisons... »

Naïs épousait Toine, le bossu. Comme cela, rien ne serait changé à la Blancarde. On garderait pour méger Toine, qui prenait soin de la propriété depuis la mort du père Micoulin.

Le jeune homme écoutait avec un sourire gêné. Puis, il trouva lui-même l'arrangement commode pour tout le monde.

« Naïs est bien vieillie, bien enlaidie, reprit M. Rostand. Je ne la reconnaissais pas. C'est étonnant comme ces filles, au bord de la mer, passent vite... Elle était très belle, cette Naïs.

— Oh ! un déjeuner de soleil », dit Frédéric, qui achevait tranquillement sa côtelette.

POUR UNE NUIT D'AMOUR

I

La petite ville de P*** est bâtie sur une colline. Au pied des anciens remparts, coule un ruisseau, encaissé et très profond, le Chanteclair, qu'on nomme sans doute ainsi pour le bruit cristallin de ses eaux limpides. Lorsqu'on arrive par la route de Versailles, on traverse le Chanteclair, à la porte sud de la ville, sur un pont de pierre d'une seule arche, dont les larges parapets, bas et arrondis, servent de bancs à tous les vieillards du faubourg. En face, monte la rue Beau-Soleil, au bout de laquelle se trouve une place silencieuse, la place des Quatre-Femmes, pavée de grosses pierres, envahie par une herbe drue, qui la verdit comme un pré. Les maisons dorment. Toutes les demi-heures, le pas traînard d'un passant fait aboyer un chien, derrière la porte d'une écurie ; et l'émotion de ce coin perdu est encore le passage régulier, deux fois par jour, des officiers qui se rendent à leur pension, une table d'hôte de la rue Beau-Soleil.

C'était dans la maison d'un jardinier, à gauche, que demeurait Julien Michon. Le jardinier lui avait loué une grande chambre, au premier étage ; et, comme cet homme habitait l'autre façade de la maison, sur la rue Catherine, où était son jardin, Julien vivait là tranquille, ayant son escalier et sa porte, s'enfermant déjà, à vingt-cinq ans, dans les manies d'un petit-bourgeois retiré.

Le jeune homme avait perdu son père et sa mère très jeune. Autrefois, les Michon étaient bourreliers aux Alluets, près de Mantes. À leur mort, un oncle avait envoyé l'enfant en pension. Puis, l'oncle lui-même était parti, et Julien, depuis cinq ans, remplissait à la poste de P*** un petit emploi d'expéditionnaire. Il touchait quinze cents francs, sans espoir d'en gagner jamais davantage. D'ailleurs, il faisait des économies, il n'imaginait point une condition plus large ni plus heureuse que la sienne.

Grand, fort, osseux, Julien avait de grosses mains qui le gênaient. Il se sentait laid, la tête carrée et comme laissée à l'état d'ébauche sous le coup de pouce d'un sculpteur trop rude ; et cela le rendait timide, surtout quand il y avait des demoiselles. Une blanchisseuse lui ayant dit en riant qu'il n'était pas si vilain, il en avait gardé un grand trouble. Dehors, les bras ballants, le dos voûté, la tête basse, il faisait de longues enjambées, pour rentrer plus vite dans son ombre. Sa gaucherie lui donnait un effarouchement continu, un besoin maladif de médiocrité et d'obscurité. Il semblait s'être résigné à vieillir de la sorte, sans une camaraderie, sans une amourette, avec ses goûts de moine cloîtré.

Et cette vie ne pesait point à ses larges épaules. Julien, au fond, était très heureux. Il avait une âme calme et transparente. Son existence quotidienne, avec les règles fixes qui la menaient, était faite de sérénité. Le matin, il se rendait à son bureau, recommençait paisiblement la besogne de la veille ; puis, il déjeunait d'un petit pain, et reprenait ses écritures ; puis, il dînait, il se couchait, il dormait. Le lendemain, le soleil ramenait la même journée, cela pendant des semaines, des mois. Ce lent défilé finissait par prendre une musique pleine de douceur, le berçait du rêve de ces bœufs qui tirent la charrue et qui ruminent le soir, dans de la paille fraîche. Il buvait tout le charme de la monotonie. Son plaisir était parfois, après son dîner, de descendre la rue Beau-Soleil et de s'asseoir sur le pont, pour attendre neuf heures. Il laissait pendre ses jambes au-dessus de l'eau, il regardait passer continuellement sous lui le Chanteclair, avec le bruit pur de ses flots d'argent. Des saules, le long des deux rives, penchaient leurs têtes pâles, enfonçaient leurs images. Au ciel, tombait la cendre fine du crépuscule. Et il restait, dans ce grand calme, charmé, songeant confusément que le Chanteclair devait être heureux comme lui, à rouler toujours sur les mêmes herbes, au milieu d'un si beau silence. Quand les étoiles brillaient, il rentrait se coucher, avec de la fraîcheur plein la poitrine.

D'ailleurs, Julien se donnait d'autres plaisirs. Les jours de congé, il partait à pied, tout seul, heureux d'aller très loin et de revenir rompu de fatigue. Il s'était aussi fait un camarade d'un muet, un ouvrier graveur, au bras duquel il se promenait sur le Mail, pendant des après-midi entières, sans même échanger un signe. D'autres fois, au fond du Café des Voyageurs, il entamait avec le muet d'interminables parties de dames, pleines d'immobilité et de réflexion. Il avait eu un chien écrasé par une voiture, et il lui gardait un si religieux souvenir, qu'il ne voulait plus de bête chez lui. À la poste, on le plaisantait sur une gamine de dix ans, une fille en haillons qui vendait, pieds nus, des boîtes d'allumettes, et qu'il régalait de gros sous, sans vouloir emporter sa marchandise ; mais il se fâchait, il se cachait pour glisser les sous à la petite. Jamais on ne le rencontrait en compagnie d'une jupe, le soir, aux remparts. Les ouvrières de P***, des gaillardes très dégourdies, avaient fini elles-mêmes par le laisser tranquille, en le voyant, suffoqué devant elles, prendre leurs rires d'encouragement pour des moqueries. Dans la ville, les uns le disaient stupide, d'autres prétendaient qu'il fallait se défier de ces garçons-là, qui sont si doux et qui vivent solitaires.

Le paradis de Julien, l'endroit où il respirait à l'aise, c'était sa chambre. Là seulement il se croyait à l'abri du monde. Alors, il se redressait, il riait tout seul ; et, quand il s'apercevait dans la glace, il demeurait surpris de se voir très jeune. La chambre était vaste ; il y avait installé un grand canapé, une table ronde, avec deux chaises et un fauteuil. Mais il lui restait encore de la place pour marcher : le lit se perdait au fond d'une immense alcôve ; une petite commode de noyer, entre les deux fenêtres, semblait un jouet d'enfant. Il se promenait, s'allongeait, ne s'ennuyait point de lui-même. Jamais il n'écrivait en dehors de son bureau, et la lecture le fatiguait. Comme la vieille dame qui tenait la pension où il mangeait s'obstinait à vouloir faire son éducation en lui prêtant des romans, il les rapportait, sans pouvoir répéter ce qu'il y avait dedans, tant ces histoires compliquées manquaient pour lui de sens commun. Il dessinait un peu, toujours la même tête, une femme de profil, l'air sévère, avec de larges bandeaux et une torsade de perles dans le chignon. Sa seule passion était la musique.

Pendant des soirées entières, il jouait de la flûte, et c'était là, par-dessus tout, sa grande récréation.

Julien avait appris la flûte tout seul. Longtemps, une vieille flûte de bois jaune, chez un marchand de bric-à-brac de la place du Marché, était restée une de ses plus âpres convoitises. Il avait l'argent, mais il n'osait entrer l'acheter, de peur d'être ridicule. Enfin, un soir, il s'était enhardi jusqu'à emporter la flûte en courant, cachée sous son paletot, serrée contre sa poitrine. Puis, portes et fenêtres closes, très doucement pour qu'on ne l'entendît pas, il avait épelé pendant deux années une vieille méthode, trouvée chez un petit libraire. Depuis six mois seulement, il se risquait à jouer, les croisées ouvertes. Il ne savait que des airs anciens, lents et simples, des romances du siècle dernier, qui prenaient une tendresse infinie, lorsqu'il les bégayait avec la maladresse d'un élève plein d'émotion. Dans les soirées tièdes, quand le quartier dormait, et que ce chant léger sortait de la grande pièce éclairée d'une bougie, on aurait dit une voix d'amour, tremblante et basse, qui confiait à la solitude et à la nuit ce qu'elle n'aurait jamais dit au plein jour.

Souvent même, comme il savait les airs de mémoire, Julien soufflait sa lumière, par économie. Du reste, il aimait l'obscurité. Alors, assis devant une fenêtre, en face du ciel, il jouait dans le noir. Des passants levaient la tête, cherchaient d'où venait cette musique si frêle et si jolie, pareille aux roulades lointaines d'un rossignol. La vieille flûte de bois jaune était un peu fêlée, ce qui lui donnait un son voilé, le filet de voix adorable d'une marquise d'autrefois, chantant encore très purement les menuets de sa jeunesse. Une à une, les notes s'envolaient avec leur petit bruit d'ailes. Il semblait que le chant vînt de la nuit elle-même, tant il se mêlait aux souffles discrets de l'ombre.

Julien avait grand-peur qu'on se plaignît dans le quartier. Mais on a le sommeil dur, en province. D'ailleurs, la place des Quatre-Femmes n'était habitée que par un notaire, Me Savournin, et un ancien gendarme retraité, le capitaine Pidoux, tous deux voisins commodes, couchés et endormis à neuf heures. Julien redoutait davantage les habitants d'un noble logis, l'hôtel de Marsanne, qui dressait de l'autre côté de la place, juste devant ses fenêtres, une façade grise et triste, d'une sévérité de cloître. Un perron de cinq marches, envahi par les herbes, montait à une porte ronde, que des têtes de clous énormes défendaient. L'unique étage alignait dix croisées, dont les persiennes s'ouvraient et se fermaient aux mêmes heures, sans rien laisser voir des pièces, derrière les épais rideaux toujours tirés. À gauche, les grands marronniers du jardin mettaient un massif de verdure, qui élargissait la houle de ses feuilles jusqu'aux remparts. Et cet hôtel imposant, avec son parc, ses murailles graves, son air de royal ennui, faisait songer à Julien que, si les Marsanne n'aimaient pas la flûte, ils n'auraient certainement qu'un mot à dire, pour l'empêcher d'en jouer.

Le jeune homme éprouvait du reste un respect religieux, quand il s'accoudait à sa fenêtre, tant le développement du jardin et des constructions lui semblait vaste. Dans le pays, l'hôtel était célèbre, et l'on racontait que des étrangers venaient de loin le visiter. Des légendes couraient également sur la richesse des Marsanne. Longtemps, il avait guetté le vieux logis, pour pénétrer les mystères de cette fortune toute-puissante. Mais, pendant les heures qu'il s'oubliait là, il ne voyait toujours que la façade grise et le massif noir des marronniers. Jamais une âme ne montait les marches descellées du perron, jamais la porte verdie de mousse ne s'ouvrait. Les Marsanne avaient condamné cette porte, on entrait par une grille, rue Sainte-Anne ; en outre, au bout d'une ruelle, près des remparts, il y avait une petite porte donnant sur le jardin, que Julien ne pouvait apercevoir. Pour lui, l'hôtel restait mort, pareil à un de ces palais des contes de fées, peuplé d'habitants invisibles. Chaque matin et chaque soir, il distinguait seulement les bras du domestique qui poussaient les persiennes. Puis, la maison reprenait son grand air mélancolique de tombe abandonnée dans le recueillement d'un cimetière. Les marronniers étaient si touffus, qu'ils cachaient sous leurs branches les allées du jardin. Et cette existence hermétiquement close, hautaine et muette, redoublait l'émotion du jeune homme. La richesse, c'était donc cette paix morne, où il retrouvait le frisson religieux qui tombe de la voûte des églises ?

Que de fois, avant de se coucher, il avait soufflé sa bougie et était resté une heure à sa fenêtre, pour surprendre ainsi les secrets de l'hôtel de Marsanne ! La nuit, l'hôtel barrait le ciel d'une tache sombre, les marronniers étalaient une mare d'encre. On devait soigneusement tirer les rideaux à l'intérieur, pas une lueur ne glissait entre les lames des persiennes. Même la maison n'avait point cette respiration des maisons habitées, où l'on sent les haleines des gens endormis. Elle s'anéantissait dans le noir. C'était alors que Julien s'enhardissait et prenait sa flûte. Il pouvait jouer impunément ; l'hôtel vide lui renvoyait l'écho des petites notes perlées ; certaines phrases ralenties se perdaient dans les ténèbres du jardin, où l'on n'entendait seulement pas un battement d'ailes. La vieille flûte de bois jaune semblait jouer ses airs anciens devant le château de la Belle au bois dormant.

Un dimanche, sur la place de l'Église, un des employés de la poste montra brusquement à Julien un grand vieillard et une vieille dame, en les lui nommant. C'étaient le marquis et la marquise de Marsanne. Ils sortaient si rarement, qu'il ne les avait jamais vus. Une grosse émotion le saisit, tant il les trouva maigres et solennels, comptant leurs pas, salués jusqu'à terre et répondant seulement d'un léger signe de tête. Alors, son camarade lui apprit coup sur coup qu'ils avaient une fille encore au couvent, Mlle Thérèse de Marsanne, puis que le petit Colombel, le clerc de Me Savournin, était le frère de lait de cette dernière. En effet, comme les deux vieilles gens allaient prendre la rue Sainte-Anne, le petit Colombel qui passait s'approcha, et le marquis lui tendit la main, honneur qu'il n'avait fait à personne. Julien souffrit de cette poignée de main ; car ce Colombel, un garçon de vingt ans, aux yeux vifs, à la bouche méchante, avait longtemps été son ennemi. Il le plaisantait de sa timidité, ameutait contre lui les blanchisseuses de la rue Beau-Soleil ; si bien qu'un jour, aux remparts, il y avait eu entre eux un duel à coups de poing, dont le clerc de notaire était sorti avec les deux yeux pochés. Et Julien, le soir, joua de la flûte plus bas encore, quand il connut tous ces détails.

D'ailleurs, le trouble que lui causait l'hôtel de Marsanne ne dérangeait pas ses habitudes, d'une régularité d'horloge. Il allait à son bureau, il déjeunait, dînait, faisait son tour de promenade au bord du

Chanteclair. L'hôtel lui-même, avec sa grande paix, finissait par entrer dans la douceur de sa vie. Deux années se passèrent. Il était tellement habitué aux herbes du perron, à la façade grise, aux persiennes noires, que ces choses lui semblaient définitives, nécessaires au sommeil du quartier.

Depuis cinq ans, Julien habitait la place des Quatre-Femmes, lorsque, un soir de juillet, un événement bouleversa son existence. La nuit était très chaude, tout allumée d'étoiles. Il jouait de la flûte sans lumière, mais d'une lèvre distraite, ralentissant le rythme et s'endormant sur certains sons, lorsque, tout d'un coup, en face de lui, une fenêtre de l'hôtel de Marsanne s'ouvrit et resta béante, vivement éclairée dans la façade sombre. Une jeune fille était venue s'accouder, et elle demeurait là, elle découpait sa mince silhouette, levait la tête comme pour prêter l'oreille. Julien, tremblant, avait cessé de jouer. Il ne pouvait distinguer le visage de la jeune fille, il ne voyait que le flot de ses cheveux, déjà dénoués sur son cou. Et une voix légère lui arriva au milieu du silence.

« Tu n'as pas entendu, Françoise ? On aurait dit une musique.

— Quelque rossignol, Mademoiselle, répondit une voix grosse, à l'intérieur. Fermez, prenez garde aux bêtes de nuit. »

Quand la façade fut redevenue noire, Julien ne put quitter son fauteuil, les yeux pleins de la trouée lumineuse qui s'était faite dans cette muraille, morte jusque-là. Et il gardait un tremblement, il se demandait s'il devait être heureux de cette apparition. Puis, une heure plus tard, il se remit à jouer tout bas. Il souriait à la pensée que la jeune fille croyait sans doute qu'il y avait un rossignol dans les marronniers.

II

Le lendemain, à la poste, la grosse nouvelle était que Mlle Thérèse de Marsanne venait de quitter le couvent. Julien ne raconta pas qu'il l'avait aperçue en cheveux, le cou nu. Il était très inquiet ; il éprouvait un sentiment indéfinissable contre cette jeune fille, qui allait déranger ses habitudes. Certainement, cette fenêtre, dont il redouterait de voir s'ouvrir les persiennes à toute heure, le gênerait horriblement. Il ne serait plus chez lui, il aurait encore mieux aimé un homme qu'une femme, car les femmes se moquent davantage. Comment, désormais, oserait-il jouer de la flûte ? Il en jouait trop mal pour une demoiselle qui devait savoir la musique. Le soir donc, après de longues réflexions, il croyait détester Thérèse.

Julien rentra furtivement. Il n'alluma pas de bougie. De cette façon, elle ne le verrait point. Il voulait se coucher tout de suite, pour marquer sa mauvaise humeur. Mais il ne put résister au besoin de savoir ce qui se passait en face. La fenêtre ne s'ouvrit pas. Vers dix heures seulement, une lueur pâle se montra entre les lames des persiennes ; puis, cette lueur s'éteignit, et il resta à regarder la fenêtre sombre. Tous les soirs, dès lors, il recommença malgré lui cet espionnage. Il guettait l'hôtel ; comme aux premiers temps, il s'appliquait à noter les petits souffles qui en ranimaient les vieilles pierres muettes. Rien ne semblait changé, la maison dormait toujours son sommeil profond ; il fallait des oreilles et des yeux exercés, pour surprendre la vie nouvelle. C'était, parfois, une lumière courant derrière les vitres, un coin de rideau écarté, une pièce immense entrevue. D'autres fois, un pas léger traversait le jardin, un bruit lointain de piano arrivait, accompagnant une voix ; ou bien les bruits demeuraient plus vagues encore, un frisson simplement passait, qui indiquait dans la vieille demeure le battement d'un sang jeune. Julien s'expliquait à lui-même sa curiosité, en se prétendant très ennuyé de tout ce tapage. Combien il regrettait le temps où l'hôtel vide lui renvoyait l'écho adouci de sa flûte !

Un de ses plus ardents désirs, bien qu'il ne se l'avouât pas, était de revoir Thérèse. Il se l'imaginait le visage rose, l'air moqueur, avec des yeux luisants. Mais, comme il ne se hasardait pas le jour à sa fenêtre, il ne l'entrevoyait que la nuit, toute grise d'ombre. Un matin, au moment où il refermait une de ses persiennes, pour se garantir du soleil, il aperçut Thérèse debout au milieu de sa chambre. Il resta cloué, n'osant risquer un mouvement. Elle semblait réfléchir, très grande, très pâle, la face belle et régulière. Et il eut presque peur d'elle, tant elle était différente de l'image gaie qu'il s'en était faite. Elle avait surtout une bouche un peu grande, d'un rouge vif, et des yeux profonds, noirs et sans éclat, qui lui donnaient un air de reine cruelle. Lentement, elle vint à la fenêtre ; mais elle ne parut pas le voir, comme s'il était trop loin, trop perdu. Elle s'en alla, et le mouvement rythmé de son cou avait une grâce si forte, qu'il se sentit à côté d'elle plus débile qu'un enfant, malgré ses larges épaules. Quand il la connut, il la redouta davantage.

Alors, commença pour le jeune homme une existence misérable. Cette belle demoiselle, si grave et si noble, qui vivait près de lui, le désespérait. Elle ne le regardait jamais, elle ignorait son existence. Mais il n'en défaillait pas moins en pensant qu'elle pouvait le remarquer et le trouver ridicule. Sa timidité maladive lui faisait croire qu'elle épiait chacun de ses actes pour se moquer. Il rentrait l'échine basse, il évitait de remuer dans sa chambre. Puis, au bout d'un mois, il souffrit du dédain de la jeune fille. Pourquoi ne le regardait-elle jamais ? Elle venait à la fenêtre, promenait son regard noir sur le pavé désert, et se retirait sans le deviner, anxieux, de l'autre côté de la place. Et de même qu'il avait tremblé à l'idée d'être aperçu par elle, il frissonnait maintenant du besoin de la sentir fixer les yeux sur lui. Elle occupait toutes les heures qu'il vivait.

Quand Thérèse se levait, le matin, il oubliait son bureau, lui si exact. Il avait toujours peur de ce visage blanc aux lèvres rouges, mais une peur délicieuse, dont il jouissait. Caché derrière un rideau, il s'emplissait de la terreur qu'elle lui inspirait jusqu'à s'en rendre malade, les jambes cassées comme après une longue marche. Il faisait le rêve qu'elle le remarquait tout d'un coup, qu'elle lui souriait et qu'il n'avait plus peur.

Et il eut l'idée alors de la séduire, à l'aide de sa flûte. Par les soirées chaudes, il se remit à jouer. Il laissait les deux croisées ouvertes, il jouait dans l'obscurité ses airs les plus vieux, des airs de pastorale, naïfs comme des rondes de petite fille. C'étaient des notes longuement tenues et tremblées, qui s'en allaient sur des cadences simples les unes derrière les autres, pareilles à des dames amoureuses de l'ancien temps, étalant leurs jupes. Il choisissait les nuits sans lune ; la place était noire, on ne savait d'où venait ce chant si doux, rasant les maisons endormies, de l'aile molle d'un oiseau nocturne. Et, dès le premier soir, il eut l'émotion de voir Thérèse à son coucher s'approcher tout en blanc de la fenêtre, où elle s'accouda, surprise de retrouver cette musique, qu'elle avait entendue déjà, le jour de son arrivée.

« Écoute donc, Françoise, dit-elle de sa voix grave, en se tournant vers l'intérieur de la pièce. Ce n'est pas un oiseau.

— Oh ! répondit une femme âgée, dont Julien n'apercevait que l'ombre, c'est bien sûr quelque comédien qui s'amuse, et très loin, dans le faubourg.

— Oui, très loin », répéta la jeune fille, après un silence, rafraîchissant dans la nuit ses bras nus.

Dès lors, chaque soir, Julien joua plus fort. Ses lèvres enflaient le son, sa fièvre passait dans la vieille flûte de bois jaune. Et Thérèse, qui écoutait chaque soir, s'étonnait de cette musique vivante, dont les phrases, volant de toiture en toiture, attendaient la nuit pour faire un pas vers elle. Elle sentait bien que la sérénade marchait vers sa fenêtre, elle se haussait parfois, comme pour voir par-dessus les maisons. Puis, une nuit, le chant éclata si près, qu'elle en fut effleurée ; elle le devina sur la place, dans une des vieilles demeures qui sommeillaient. Julien soufflait de toute sa passion, la flûte vibrait avec des sonneries de cristal. L'ombre lui donnait une telle audace, qu'il espérait l'amener à lui par la force de son chant. Et Thérèse, en effet, se penchait, comme attirée et conquise.

« Rentrez, dit la voix de la dame âgée. La nuit est orageuse, vous aurez des cauchemars. »

Cette nuit-là, Julien ne put dormir. Il s'imaginait que Thérèse l'avait deviné, l'avait vu peut-être. Et il brûlait sur son lit, il se demandait s'il ne devait pas se montrer le lendemain. Certes, il serait ridicule, en se cachant davantage. Pourtant, il décida qu'il ne se montrerait pas, et il était devant sa fenêtre, à six heures, en train de remettre sa flûte dans l'étui, lorsque les persiennes de Thérèse s'ouvrirent brusquement.

La jeune fille, qui ne se levait jamais avant huit heures, parut en peignoir, s'accouda, les cheveux tordus sur la nuque. Julien resta stupide, la tête levée, la regardant en face, sans pouvoir se détourner ; tandis que ses mains gauches essayaient vainement de démonter la flûte. Thérèse aussi l'examinait, d'un regard fixe et souverain. Elle sembla un instant l'étudier dans ses gros os, dans son corps énorme et mal ébauché, dans toute sa laideur de géant timide. Et elle n'était plus l'enfant fiévreuse, qu'il avait vue la veille ; elle était hautaine et très blanche, avec ses yeux noirs et ses lèvres rouges. Quand elle l'eut jugé, de l'air tranquille dont elle se serait demandé si un chien sur le pavé lui plaisait ou ne lui plaisait pas, elle le condamna d'une légère moue ; puis, tournant le dos, sans se hâter, elle ferma la fenêtre.

Julien, les jambes molles, se laissa tomber dans son fauteuil. Et des paroles entrecoupées lui échappaient.

« Ah ! mon Dieu ! je lui déplais... Et moi qui l'aime, et moi qui vais en mourir ! »

Il se prit la tête entre les mains, il sanglota. Aussi pourquoi s'être montré ? Quand on était mal bâti, on se cachait, on n'épouvantait pas les filles. Il s'injuriait, furieux de sa laideur. Est-ce qu'il n'aurait pas dû continuer à jouer de la flûte dans l'ombre, comme un oiseau de nuit, qui séduit les cœurs par son chant, et qui ne doit jamais paraître au soleil, s'il veut plaire ? Il serait resté pour elle une musique douce, rien que l'air ancien d'un amour mystérieux. Elle l'aurait adoré sans le connaître, ainsi qu'un Prince-Charmant, venu de loin, et se mourant de tendresse sous sa fenêtre. Mais, lui, brutal et imbécile, avait rompu le charme. Voilà qu'elle le savait d'une épaisseur de bœuf au labour, et que jamais plus elle n'aimerait sa musique !

En effet, il eut beau reprendre ses airs les plus tendres, choisir les nuits tièdes, embaumées de l'odeur des verdures : Thérèse n'écoutait pas, n'entendait pas. Elle allait et venait dans sa chambre, s'accoudait à la fenêtre, comme s'il n'avait pas été en face, à dire son amour avec des petites notes humbles. Un jour même, elle s'écria :

« Mon Dieu ! que c'est énervant, cette flûte qui joue faux ! »

Alors, désespéré, il jeta sa flûte au fond d'un tiroir et ne joua plus.

Il faut dire que le petit Colombel, lui aussi, se moquait de Julien. Un jour, en allant à son étude, il l'avait vu devant la fenêtre, étudiant un morceau, et chaque fois qu'il passait sur la place, il riait de son air mauvais. Julien savait que le clerc de notaire était reçu chez les Marsanne, ce qui lui crevait le cœur, non qu'il fût jaloux de cet avorton, mais parce qu'il aurait donné tout son sang pour être une heure à sa place. La mère du jeune homme, Françoise, depuis des années dans la maison, veillait maintenant sur Thérèse, dont elle était la nourrice. Autrefois, la demoiselle noble et le petit paysan avaient grandi ensemble, et il semblait naturel qu'ils eussent conservé quelque chose de leur camaraderie ancienne. Julien n'en souffrait pas moins, quand il rencontrait Colombel dans les rues, les lèvres pincées de son mince sourire. Sa répulsion devint plus grande, le jour où il s'aperçut que l'avorton n'était pas laid de visage, une tête ronde de chat, mais très fine, jolie et diabolique, avec des yeux verts et une légère barbe frisée à son menton douillet. Ah ! s'il l'avait encore tenu dans un coin des remparts, comme il lui aurait fait payer cher le bonheur de voir Thérèse chez elle !

Un an s'écoula. Julien fut très malheureux. Il ne vivait plus que pour Thérèse. Son cœur était dans cet hôtel glacial, en face duquel il se mourait de gaucherie et d'amour. Dès qu'il disposait d'une minute, il venait la passer là, les regards fixés sur le pan de muraille grise, dont il connaissait les moindres taches de mousse. Il avait eu beau, pendant de longs mois, ouvrir les yeux et prêter les oreilles, il ignorait encore l'existence intérieure de cette maison solennelle, où il emprisonnait son être. Des bruits vagues, des lueurs perdues l'égaraient. Étaient-ce des fêtes, étaient-ce des deuils ? Il ne savait, la vie était sur l'autre façade. Il rêvait ce qu'il voulait, selon ses tristesses ou ses joies : des jeux bruyants de Thérèse et de Colombel, des promenades lentes de la jeune fille sous les marronniers, des bals qui la balançaient aux bras des danseurs, des chagrins brusques qui l'asseyaient pleurante dans des pièces sombres. Ou bien il n'entendait peut-être que les petits pas du marquis et de la marquise trottant comme des souris sur les vieux parquets. Et, dans son ignorance, il voyait toujours la seule fenêtre de Thérèse trouer ce mur mystérieux. La jeune fille, journellement, se montrait, plus muette que les pierres, sans que jamais son apparition amenât un espoir. Elle le consternait, tant elle restait inconnue et loin de lui.

Les grands bonheurs de Julien étaient les heures où la fenêtre demeurait ouverte. Alors, il pouvait apercevoir des coins de la chambre, pendant l'absence de la jeune fille. Il mit six mois à savoir que le lit était à gauche, un lit dans une alcôve, avec des rideaux de soie rose. Puis, au bout de six autres mois, il comprit qu'il y avait en face du lit, une commode Louis XV, surmontée d'une glace, dans un cadre de porcelaine. En face, il voyait la cheminée de marbre blanc. Cette chambre était le paradis rêvé.

Son amour n'allait pas sans de grandes luttes. Il se tenait caché pendant des semaines, honteux de sa laideur. Puis, des rages le prenaient. Il avait le besoin d'étaler ses gros membres, de lui imposer la vue de son visage bossué, brûlé de fièvre. Alors, il restait des semaines à la fenêtre, il la fatiguait de son regard. Même, à deux reprises, il lui envoya des baisers ardents, avec cette brutalité des gens timides, quand l'audace les affole.

Thérèse ne se fâchait même pas. Lorsqu'il était caché, il la voyait aller et venir de son air royal, et lorsqu'il s'imposait, elle gardait cet air, plus haut et plus froid encore. Jamais il ne la surprenait dans une heure d'abandon. Si elle le rencontrait sous son regard, elle n'avait aucune hâte à détourner la tête. Quand il entendait dire à la poste que Mlle de Marsanne était très pieuse et très bonne, parfois il protestait violemment en lui-même. Non, non ! elle était sans religion, elle aimait le sang, car elle avait du sang aux lèvres, et la pâleur de sa face venait de son mépris du monde. Puis, il pleurait de l'avoir insultée, il lui demandait pardon, comme à une sainte enveloppée dans la pureté de ses ailes.

Pendant cette première année, les jours suivirent les jours, sans amener un changement. Lorsque l'été revint, il éprouva une singulière sensation : Thérèse lui sembla marcher dans un autre air. C'étaient toujours les mêmes petits événements, les persiennes poussées le matin et refermées le soir, les apparitions régulières aux heures accoutumées ; mais un souffle nouveau sortait de la chambre. Thérèse était plus pâle, plus grande. Un jour de fièvre, il se hasarda une troisième fois à lui adresser un baiser du bout de ses doigts fiévreux. Elle le regarda fixement, avec sa gravité troublante, sans quitter la fenêtre. Ce fut lui qui se retira, la face empourprée.

Un seul fait nouveau, vers la fin de l'été, se produisit et le secoua profondément, bien que ce fait fût des plus simples. Presque tous les jours, au crépuscule, la croisée de Thérèse, laissée entrouverte, se fermait violemment, avec un craquement de toute la boiserie et de l'espagnolette. Ce bruit faisait tressaillir Julien d'un sursaut douloureux ; et il demeurait torturé d'angoisse, le cœur meurtri, sans qu'il sût pourquoi. Après cet ébranlement brutal, la maison retombait dans une telle mort, qu'il avait peur de ce silence. Longtemps, il ne put distinguer quel bras fermait ainsi la fenêtre ; mais, un soir, il aperçut les mains pâles de Thérèse ; c'était elle qui tournait l'espagnolette d'un élan si furieux. Et, lorsque, une heure plus tard, elle rouvrait la fenêtre, mais sans hâte, pleine d'une lenteur digne, elle paraissait lasse, s'accoudait un instant ; puis, elle marchait au milieu de la pureté de sa chambre, occupée à des futilités de jeune fille.

Julien restait la tête vide, avec le continuel grincement de l'espagnolette dans les oreilles.

Un soir d'automne, par un temps gris et doux, l'espagnolette eut un grincement terrible. Julien tressaillit, et des larmes involontaires lui coulèrent des yeux, en face de l'hôtel lugubre que le crépuscule noyait d'ombre. Il avait plu le matin, les marronniers à moitié dépouillés exhalaient une odeur de mort.

Cependant, Julien attendait que la fenêtre se rouvrît. Elle se rouvrit tout d'un coup, aussi rudement qu'elle s'était fermée. Thérèse parut. Elle était toute blanche, avec des yeux très grands, les cheveux tombés dans son cou. Elle se planta devant la fenêtre, elle mit les dix doigts sur sa bouche rouge et envoya un baiser à Julien.

Éperdu, il appuya les poings contre sa poitrine, comme pour demander si ce baiser était pour lui.

Alors, Thérèse crut qu'il reculait. Elle se pencha davantage, elle remit les dix doigts sur sa bouche rouge, et lui envoya un second baiser. Puis, elle en envoya un troisième. C'étaient comme les trois baisers du jeune homme qu'elle rendait. Il restait béant. Le crépuscule était clair, il la voyait nettement dans le cadre d'ombre de la fenêtre.

Lorsqu'elle pensa l'avoir conquis, elle jeta un coup d'œil sur la petite place. Et, d'une voix étouffée :

« Venez », dit-elle simplement.

Il vint. Il descendit, s'approcha de l'hôtel. Comme il levait la tête, la porte du perron s'entrebâilla, cette porte verrouillée depuis un demi-siècle peut-être, dont la mousse avait collé les vantaux. Mais il marchait dans la stupeur, il ne s'étonnait plus. Dès qu'il fut entré, la porte se referma, et il suivit une petite main glacée qui l'emmenait. Il monta un étage, longea un corridor, traversa une première pièce, se trouva enfin dans une chambre qu'il reconnut. C'était le paradis, la chambre aux rideaux de soie rose. Le jour s'y mourait avec une douceur lente. Il fut tenté de se mettre à genoux. Cependant, Thérèse se tenait devant lui toute droite, les mains serrées fortement, si résolue, qu'elle restait victorieuse du frisson dont elle était secouée.

« Vous m'aimez ? demanda-t-elle d'une voix basse.

— Oh ! oui, oh ! oui », balbutia-t-il.

Mais elle eut un geste, pour lui défendre les paroles inutiles. Elle reprit, d'un air hautain qui semblait rendre ses paroles naturelles et chastes, dans sa bouche de jeune fille :

« Si je me donnais, vous feriez tout, n'est-ce pas ? »

Il ne put répondre, il joignit les mains. Pour un baiser d'elle, il se vendrait.

« Eh bien ! j'ai un service à vous demander. »

Comme il restait imbécile, elle eut une brusque violence, en sentant que ses forces étaient à bout, et qu'elle n'allait plus oser. Elle s'écria :

« Voyons, il faut jurer d'abord... Moi je jure de tenir le marché... Jurez, jurez donc !

— Oh ! je jure ! oh ! tout ce que vous voudrez ! » dit-il, dans un élan d'abandon absolu.

L'odeur pure de la chambre le grisait. Les rideaux de l'alcôve étaient tirés, et la seule pensée du lit vierge, dans l'ombre adoucie de la soie rose, l'emplissait d'une extase religieuse. Alors, de ses mains devenues brutales, elle écarta les rideaux, montra l'alcôve, où le crépuscule laissait tomber une lueur louche. Le lit était en désordre, les draps pendaient, un oreiller tombé par terre paraissait crevé d'un coup de dent.

Et, au milieu des dentelles froissées, gisait le corps d'un homme, les pieds nus, vautré en travers.

« Voilà, expliqua-t-elle d'une voix qui s'étranglait, cet homme était mon amant... Je l'ai poussé, il est tombé, je ne sais plus. Enfin, il est mort... Et il faut que vous l'emportiez. Vous comprenez bien ?... C'est tout, oui, c'est tout. Voilà ! »

III

Toute petite, Thérèse de Marsanne prit Colombel pour souffre-douleur. Il était son aîné de six mois à peine, et Françoise, sa mère, avait achevé de l'élever au biberon, pour la nourrir. Plus tard, grandi dans la maison, il y occupa une position vague, entre domestique et camarade de jeux de la jeune fille.

Thérèse était une enfant terrible. Non qu'elle se montrât garçonnière et bruyante. Elle gardait, au contraire, une singulière gravité, qui la faisait considérer comme une demoiselle bien élevée, par les visiteurs auxquels elle adressait de belles révérences. Mais elle avait des inventions étranges : elle éclatait brusquement en cris inarticulés, en trépignements fous, lorsqu'elle était seule ; ou bien elle se couchait sur le dos, au milieu d'une allée du jardin, puis restait là, allongée, refusant obstinément de se lever, malgré les corrections qu'on se décidait à lui administrer parfois.

Jamais on ne savait ce qu'elle pensait. Déjà, dans ses grands yeux d'enfant, elle éteignait toute flamme ; et, au lieu de ces clairs miroirs où l'on aperçoit si nettement l'âme des fillettes, elle avait deux trous sombres, d'une épaisseur d'encre, dans lesquels il était impossible de lire.

À six ans, elle commença à torturer Colombel. Il était petit et chétif. Alors, elle l'emmenait au fond du jardin, sous les marronniers, à un endroit assombri par les feuilles, et elle lui sautait sur le dos, elle se faisait porter. C'étaient des chevauchées d'une heure, autour d'un large rond-point. Elle le serrait au cou, lui enfonçait des coups de talon dans les flancs, sans le laisser reprendre haleine. Il était le cheval, elle était la dame. Lorsque, étourdi, il semblait près de tomber, elle lui mordait une oreille au sang, se cramponnait d'une étreinte si furieuse, qu'elle lui entrait ses petits ongles dans la chair. Et le galop reprenait, cette reine cruelle de six ans passait entre les arbres, les cheveux au vent, emportée par le gamin qui lui servait de bête.

Plus tard, en présence de ses parents, elle le pinçait, et lui défendait de crier, sous la continuelle menace de le faire jeter à la rue, s'il parlait de leurs amusements. Ils avaient de la sorte une existence secrète, une façon d'être ensemble, qui changeait devant le monde. Quand ils étaient seuls, elle le traitait en joujou, avec des envies de le casser, curieuse de savoir ce qu'il y avait dedans. N'était-elle pas marquise, ne voyait-elle pas les gens à ses pieds ? Puisqu'on lui laissait un petit homme pour jouer, elle pouvait bien en disposer à sa fantaisie. Et, comme elle s'ennuyait de régner sur Colombel, loin de tous les yeux, elle s'offrait ensuite le plaisir plus vif de lui allonger un coup de pied ou de lui enfoncer une épingle dans le bras, au milieu d'une nombreuse compagnie, en le magnétisant de ses yeux sombres, pour qu'il n'eût même pas un tressaillement.

Colombel supporta cette existence de martyr, avec des révoltes muettes qui le laissaient tremblant, les yeux à terre, afin d'échapper à la tentation d'étrangler sa jeune maîtresse. Mais il était lui-même de tempérament sournois. Cela ne lui déplaisait pas d'être battu. Il y goûtait une récréation âpre, s'arrangeait parfois pour se faire piquer, attendait la piqûre avec un frisson furieux et satisfait de sentir le coup d'épingle ; et il se perdait alors dans les délices de la rancune. D'ailleurs, il se vengeait déjà, se laissait tomber sur des pierres, en entraînant Thérèse, sans craindre de se casser un membre, enchanté quand elle attrapait une bosse. S'il ne criait pas, lorsqu'elle le piquait devant le monde, c'était pour que personne ne se mît entre eux. Il y avait simplement là une affaire qui les regardait, une querelle dont il entendait sortir vainqueur, plus tard.

Cependant, le marquis s'inquiéta des allures violentes de sa fille. Elle ressemblait, disait-on, à un de ses oncles, qui avait mené une vie terrible d'aventures, et qui était mort assassiné dans un mauvais lieu, au fond d'un faubourg. Les Marsanne avaient ainsi, dans leur histoire, tout un filon tragique ; des membres naissaient avec un mal étrange, de loin en loin, au milieu de la descendance d'une dignité hautaine ; et ce mal était comme un coup de folie, une perversion des sentiments, une écume mauvaise qui semblait pour un temps épurer la famille. Le marquis, par prudence, crut donc devoir soumettre Thérèse à une éducation énergique, et il la plaça dans un couvent, où il espérait que la règle assouplirait sa nature. Elle y resta jusqu'à dix-huit ans.

Quand Thérèse revint, elle était très sage et très grande. Ses parents furent heureux de constater chez elle une piété profonde. À l'église, elle demeurait abîmée, son front entre les mains. Dans la maison, elle mettait un parfum d'innocence et de paix. On lui reprochait un seul défaut : elle était gourmande, elle mangeait du matin au soir des bonbons, qu'elle suçait les yeux demi-clos, avec un petit frisson de ses lèvres rouges. Personne n'aurait reconnu l'enfant muette et entêtée, qui revenait du jardin en lambeaux, sans vouloir dire à quel jeu elle s'était déchirée ainsi. Le marquis et la marquise, cloîtrés depuis quinze ans au fond du grand hôtel vide, crurent devoir rouvrir leur salon. Ils donnèrent quelques dîners à la noblesse du pays. Ils firent même danser. Leur dessein était de marier Thérèse. Et, malgré sa froideur, elle se montrait complaisante, s'habillait et valsait, mais avec un visage si blanc, qu'elle inquiétait les jeunes hommes qui se risquaient à l'aimer.

Jamais Thérèse n'avait reparlé du petit Colombel. Le marquis s'était occupé de lui et venait de le placer chez Me Savournin, après lui avoir fait donner quelque instruction. Un jour, Françoise, ayant amené son fils, le poussa devant elle, en rappelant à la jeune fille son camarade d'autrefois. Colombel était souriant, très propre, sans le moindre embarras. Thérèse le regarda tranquillement, dit qu'elle se souvenait en effet, puis tourna le dos. Mais huit jours plus tard, Colombel revint, et bientôt il avait repris ses habitudes anciennes. Il entrait chaque soir à l'hôtel, au sortir de son étude, apportait des morceaux de musique, des livres, des albums. On le traitait sans conséquence, on le chargeait des commissions, comme un domestique ou un parent pauvre. Il était une dépendance de la famille. Aussi le laissait-on seul auprès de la jeune fille, sans songer à mal. Comme jadis, ils s'enfermaient ensemble dans les grandes pièces, ils restaient des heures sous les ombrages du jardin. À la vérité, ils n'y jouaient plus les mêmes jeux. Thérèse se promenait lentement, avec le petit bruit de sa robe dans les herbes. Colombel, habillé comme les jeunes gens riches de la ville, l'accompagnait en battant la terre d'une canne souple qu'il portait toujours.

Pourtant, elle redevenait reine et il redevenait esclave. Certes, elle ne le mordait plus, mais elle avait une façon de marcher près de lui, qui, peu à peu, le rapetissait encore, le changeait en un valet de cour, soutenant le manteau d'une souveraine. Elle le torturait par ses humeurs fantasques, s'abandonnait en paroles affectueuses, puis se montrait dure, simplement pour se récréer. Lui, quand elle tournait la tête, coulait sur elle un regard luisant, aigu comme une épée, et toute sa personne de garçon vicieux s'allongeait et guettait, rêvant une traîtrise.

Un soir d'été, sous les ombrages lourds des marronniers, ils se promenaient depuis longtemps, lorsque Thérèse, un instant silencieuse, lui demanda d'un air grave :

« Dites donc, Colombel, je suis lasse. Si vous me portiez, vous vous souvenez, comme autrefois ? »

Il eut un léger rire. Puis, très sérieux, il répondit :

« Je veux bien, Thérèse. »

Mais elle se remit à marcher, en disant simplement :

« C'est bon, c'était pour savoir. »

Ils continuèrent leur promenade. La nuit tombait, l'ombre était noire sous les arbres. Ils causaient d'une dame de la ville qui venait d'épouser un officier. Comme ils s'engageaient dans une allée plus étroite, le jeune homme voulut s'effacer, pour qu'elle passât devant lui ;

mais elle le heurta violemment, le força de marcher le premier. Maintenant, tous deux se taisaient.

Et, brusquement, Thérèse sauta sur l'échine de Colombel, avec son ancienne élasticité de gamine féroce.

« Allons, va ! » dit-elle, la voix changée, étranglée par sa passion d'autrefois.

Elle lui avait arraché sa canne, elle lui en battait les cuisses. Cramponnée aux épaules, le serrant à l'étouffer entre ses jambes nerveuses d'écuyère, elle le poussait follement dans l'ombre noire des verdures. Longtemps, elle le cravacha, activa sa course. Le galop précipité de Colombel s'étouffait sur l'herbe. Il n'avait pas prononcé une parole, il soufflait fortement, se roidissait sur ses jambes de petit homme, avec cette grande fille dont le poids tiède lui écrasait le cou.

Mais, quand elle lui cria : « Assez ! » il ne s'arrêta pas. Il galopa plus vite, comme emporté par son élan. Les mains nouées en arrière, il la tenait aux jarrets, si fortement, qu'elle ne pouvait sauter. C'était le cheval maintenant qui s'enrageait et qui enlevait la maîtresse. Tout d'un coup, malgré les cinglements de canne et les égratignures, il fila vers un hangar, dans lequel le jardinier serrait ses outils. Là, il la jeta par terre, et il la viola sur de la paille. Enfin, son tour était venu d'être le maître.

Thérèse pâlit davantage, eut les lèvres plus rouges et les yeux plus noirs. Elle continua sa vie de dévotion. À quelques jours de distance, la scène recommença : elle sauta sur le dos de Colombel, voulut le dompter, et finit encore par être jetée dans la paille du hangar. Devant le monde, elle restait douce pour lui, gardait une condescendance de grande sœur. Lui, était aussi d'une tranquillité souriante. Ils demeuraient, comme à six ans, des bêtes mauvaises, lâchées et s'amusant en secret à se mordre. Aujourd'hui, seulement, le mâle avait la victoire, aux heures troubles du désir.

Leurs amours furent terribles. Thérèse reçut Colombel dans sa chambre. Elle lui avait remis une clé de la petite porte du jardin, qui ouvrait sur la ruelle des remparts. La nuit, il était obligé de traverser une première pièce, dans laquelle couchait justement sa mère. Mais les amants montraient une audace si tranquille, que jamais on ne les surprit. Ils osèrent se donner des rendez-vous en plein jour. Colombel venait avant le dîner, attendu par Thérèse, qui fermait la fenêtre, afin d'échapper aux regards des voisins. À toute heure, ils avaient le besoin de se voir, non pour se dire les tendresses des amants de vingt ans, mais pour reprendre le combat de leur orgueil. Souvent, une querelle les secouait, s'injuriant l'un l'autre à voix basse, d'autant plus tremblants de colère, qu'ils ne pouvaient céder à l'envie de crier et de se battre.

Justement, un soir, avant le dîner, Colombel était venu. Puis, comme il marchait par la chambre, nu-pieds encore et en manches de chemise, il avait eu l'idée de saisir Thérèse, de la soulever ainsi que font les hercules de foire, au début d'une lutte. Thérèse voulut se dégager, en disant :

« Laisse, tu sais que je suis plus forte que toi. Je te ferais du mal. »

Colombel eut un petit rire.

« Eh bien ! fais-moi du mal », murmura-t-il.

Il la secouait toujours, pour l'abattre. Alors, elle ferma les bras. Ils jouaient souvent à ce jeu, par un besoin de bataille. Le plus souvent, c'était Colombel qui tombait à la renverse sur le tapis, suffoqué, les membres mous et abandonnés. Il était trop petit, elle le ramassait, l'étouffait contre elle, d'un geste de géante.

Mais, ce jour-là, Thérèse glissa sur les genoux, et Colombel, d'un élan brusque, la renversa. Lui, debout, triomphait.

« Tu vois bien que tu n'es pas la plus forte », dit-il avec un rire insultant.

Elle était devenue livide. Elle se releva lentement, et, muette, le reprit, agitée d'un tel tremblement de colère, que lui-même eut un frisson. Oh ! l'étouffer, en finir avec lui, l'avoir là inerte, à jamais vaincu ! Pendant une minute, ils luttèrent sans une parole, l'haleine courte, les membres craquant sous leur étreinte. Et ce n'était plus un jeu. Un souffle froid d'homicide battait sur leurs têtes. Il se mit à râler. Elle, craignant qu'on ne les entendît, le poussa dans un dernier et terrible effort. La tempe heurta l'angle de la commode, il s'allongea lourdement par terre.

Thérèse, un instant, respira. Elle ramenait ses cheveux devant la glace, elle défripait sa jupe, en affectant de ne pas s'occuper du vaincu. Il pouvait bien se ramasser tout seul. Puis, elle le remua du pied. Et, comme il ne bougeait toujours pas, elle finit par se pencher, avec un petit froid dans les poils follets de sa nuque. Alors, elle vit le visage de Colombel d'une pâleur de cire, les yeux vitreux, la bouche tordue. À la tempe droite, il y avait un trou ; la tempe s'était défoncée contre l'angle de la commode. Colombel était mort.

Elle se releva, glacée. Elle parla tout haut, dans le silence.

« Mort ! le voilà mort, à présent ! »

Et, tout d'un coup, le sentiment de la réalité l'emplit d'une angoisse affreuse. Sans doute, une seconde, elle avait voulu le tuer. Mais c'était bête, cette pensée de colère. On veut toujours tuer les gens quand on se bat ; seulement, on ne les tue jamais, parce que les gens morts sont trop gênants. Non, non, elle n'était pas coupable, elle n'avait pas voulu cela. Dans sa chambre, songez donc !

Elle continuait de parler à voix haute, lâchant des mots entrecoupés.

« Eh bien ! c'est fini... Il est mort, il ne s'en ira pas tout seul. »

À la stupeur froide du premier moment, succédait en elle une fièvre qui lui montait des entrailles à la gorge, comme une onde de feu. Elle avait un homme mort dans sa chambre. Jamais elle ne pourrait expliquer comment il était là, les pieds nus, en manches de chemise, avec un trou à la tempe. Elle était perdue.

Thérèse se baissa, regarda la plaie. Mais une terreur l'immobilisa au-dessus du cadavre. Elle entendait Françoise, la mère de Colombel, passer dans le corridor. D'autres bruits s'élevaient, des pas, des voix, les préparatifs d'une soirée qui devait avoir lieu le jour même. On pouvait l'appeler, la venir chercher d'une minute à l'autre. Et ce mort qui était là, cet amant qu'elle avait tué et qui lui retombait sur les épaules, avec le poids écrasant de leur faute !

Alors, étourdie par la clameur qui grandissait sous son crâne, elle se leva et se mit à tourner dans la chambre. Elle cherchait un trou où jeter ce corps qui maintenant lui barrait l'avenir, regardait sous les meubles, dans les coins, toute secouée du tremblement enragé de son impuissance. Non, il n'y avait pas de trou, l'alcôve n'était pas assez profonde, les armoires étaient trop étroites, la chambre entière lui refusait une aide. Et c'était là, pourtant, qu'ils avaient caché leurs baisers ! Il entrait avec son petit bruit de chat vicieux et partait de même. Jamais elle n'aurait cru qu'il pût devenir si lourd.

Thérèse piétinait encore, battait toujours la chambre avec la folie dansante d'une bête traquée, lorsqu'elle crut avoir une inspiration. Si elle jetait Colombel par la fenêtre ? Mais on le trouverait, on devinerait bien d'où il était tombé. Cependant, elle avait soulevé le rideau pour regarder la rue ; et, tout d'un coup, elle aperçut le jeune homme d'en face, l'imbécile qui jouait de la flûte, accoudé à sa fenêtre, avec son air de chien soumis. Elle connaissait bien sa figure blême, sans cesse tournée vers elle, et dont elle était fatiguée, tant elle y lisait de tendresse lâche. La vue de Julien, si humble et si aimant, l'arrêta net. Un sourire éclaira son visage pâle. Le salut était là. L'imbécile d'en face l'aimait d'une tendresse de dogue enchaîné, qui lui obéirait jusqu'au crime. D'ailleurs, elle le récompenserait de tout son cœur, de toute sa chair. Elle ne l'avait pas aimé, parce qu'il était trop doux ; mais elle l'aimerait, elle l'achèterait à jamais par le don loyal de son corps, s'il touchait au sang pour elle. Ses lèvres rouges eurent un petit battement, comme à la saveur d'un amour épouvanté dont l'inconnu l'attirait.

Alors, vivement, ainsi qu'elle aurait pris un paquet de linge, elle souleva le corps de Colombel, qu'elle porta sur le lit. Puis, ouvrant la fenêtre, elle envoya des baisers à Julien.

IV

Julien marchait dans un cauchemar. Quand il reconnut Colombel sur le lit, il ne s'étonna pas, il trouva cela naturel et simple. Oui, Colombel seul pouvait être au fond de cette alcôve, la tempe défoncée, les membres écartés, en une pose de luxure affreuse.

Cependant, Thérèse lui parlait longuement. Il n'entendait pas d'abord, les paroles coulaient dans sa stupeur, avec un bruit confus. Puis, il comprit qu'elle lui donnait des ordres, et il écouta. Maintenant, il fallait qu'il ne sortît plus de la chambre, il resterait jusqu'à minuit, à attendre que l'hôtel fût noir et vide. Cette soirée que donnait le marquis les empêcherait d'agir plus tôt ; mais elle offrait en somme des circonstances favorables, elle occupait trop tout le monde pour qu'on songeât à monter chez la jeune fille. L'heure venue, Julien prendrait le cadavre sur son dos, le descendrait et l'irait jeter dans le Chanteclair, au bas de la rue Beau-Soleil. Rien n'était plus facile, à voir la tranquillité avec laquelle Thérèse expliquait tout ce plan.

Elle s'arrêta, puis posant les mains sur les épaules du jeune homme, elle demanda :

« Vous avez compris, c'est convenu ? »

Il eut un tressaillement.

« Oui, oui, tout ce que vous voudrez. Je vous appartiens. »

Alors, très sérieuse, elle se pencha. Comme il ne comprenait pas ce qu'elle voulait, elle reprit :

« Embrassez-moi. »

Il posa en frissonnant un baiser sur son front glacé. Et tous deux gardèrent le silence.

Thérèse avait de nouveau tiré les rideaux du lit. Elle se laissa tomber dans un fauteuil, où elle se reposa enfin, abîmée dans l'ombre. Julien, après être resté un instant debout, s'assit également sur une chaise. Françoise n'était plus dans la pièce voisine, la maison n'envoyait que des bruits sourds, la chambre semblait dormir, peu à peu emplie de ténèbres.

Pendant près d'une heure, rien ne bougea. Julien entendait, contre son crâne, de grands coups qui l'empêchaient de suivre un raisonnement. Il était chez Thérèse, et cela l'emplissait de félicité. Puis, tout d'un coup, quand il venait à penser qu'il y avait là le cadavre d'un homme, au fond de cette alcôve dont les rideaux, en l'effleurant, lui causaient un frisson, il se sentait défaillir. Elle avait aimé cet avorton, Dieu juste ! était-ce possible ? Il lui pardonnait de l'avoir tué ; ce qui lui allumait le sang, c'étaient les pieds nus de Colombel, les pieds nus de cet homme au milieu des dentelles du lit. Avec quelle joie il le jetterait dans le Chanteclair, au bout du pont, à un endroit profond et noir qu'il connaissait bien ! Ils en seraient débarrassés tous les deux, ils pourraient se prendre ensuite. Alors, à la pensée de ce bonheur qu'il n'osait rêver le matin, il se voyait brusquement sur le lit, à la place même où gisait le cadavre, et la place était froide, et il éprouvait une répugnance terrifiée.

Renversée au fond du fauteuil, Thérèse ne remuait pas. Sur la clarté vague de la fenêtre, il voyait simplement la tache haute de son chignon. Elle restait le visage entre les mains, sans qu'il fût possible de connaître le sentiment qui l'anéantissait ainsi. Était-ce une simple détente physique, après l'horrible crise qu'elle venait de traverser ? Était-ce un remords écrasé, un regret de cet amant endormi du dernier sommeil ? S'occupait-elle tranquillement de mûrir son plan de salut, ou bien cachait-elle le ravage de la peur sur sa face noyée d'ombre ? Il ne pouvait le deviner.

La pendule sonna, au milieu du grand silence. Alors, Thérèse se leva lentement, alluma les bougies de sa toilette ; et elle apparut dans son beau calme accoutumé, reposée et forte. Elle semblait avoir oublié le corps vautré derrière les rideaux de soie rose, allant et venant du pas tranquille d'une personne qui s'occupe, dans l'intimité close de sa chambre. Puis, comme elle dénouait ses cheveux, elle dit sans même se retourner :

« Je vais m'habiller pour cette fête... Si l'on venait, n'est-ce pas ? vous vous cacheriez au fond de l'alcôve. »

Il restait assis, il la regardait. Elle le traitait déjà en amant, comme si la complicité sanglante qu'elle mettait entre eux les eût habitués l'un à l'autre, dans une longue liaison.

Les bras levés, elle se coiffa. Il la regardait toujours avec un frisson, tant elle était désirable, le dos nu, remuant paresseusement dans l'air ses coudes délicats et ses mains effilées, qui enroulaient des boucles. Voulait-elle donc le séduire, lui montrer l'amante qu'il allait gagner, afin de le rendre brave ?

Elle venait de se chausser, lorsqu'un bruit de pas se fit entendre.

« Cachez-vous dans l'alcôve », dit-elle à voix basse.

Et, d'un mouvement prompt, elle jeta sur le cadavre raidi de Colombel tout le linge qu'elle avait quitté, un linge tiède encore, parfumé de son odeur.

Ce fut Françoise qui entra, en disant :

« On vous attend, Mademoiselle.

— J'y vais, ma bonne, répondit paisiblement Thérèse. Tiens ! tu vas m'aider à passer ma robe. »

Julien, par un entrebâillement des rideaux, les apercevait toutes les deux, et il frémissait de l'audace de la jeune fille, ses dents claquaient si fort, qu'il s'était pris la mâchoire dans son poing, pour qu'on n'entendît pas. À côté de lui, sous la chemise de femme, il voyait pendre l'un des pieds glacés de Colombel. Si Françoise, si la mère avait tiré le rideau et s'était heurtée au pied de son enfant, ce pied nu qui passait !

« Prends bien garde, répétait Thérèse, va doucement : tu arraches les fleurs. »

Sa voix n'avait pas une émotion. Elle souriait maintenant, en fille heureuse d'aller au bal. La robe était une robe de soie blanche, toute garnie de fleurs d'églantier, des fleurs blanches au cœur teinté d'une pointe rouge. Et, quand elle se tint debout au milieu de la pièce, elle fut comme un grand bouquet, d'une blancheur virginale. Ses bras nus, son cou nu continuaient la blancheur de la soie.

« Oh ! que vous êtes belle ! que vous êtes belle ! répétait complaisamment la vieille Françoise. Et votre guirlande, attendez ! »

Elle parut chercher, porta la main aux rideaux, comme pour regarder sur le lit. Julien faillit laisser échapper un cri d'angoisse. Mais Thérèse, sans se presser, toujours souriante devant la glace, reprit :

« Elle est là, sur la commode, ma guirlande. Donne-la-moi... Oh ! ne touche pas à mon lit. J'ai mis des affaires dessus. Tu dérangerais tout. »

Françoise l'aida à poser la longue branche d'églantier, qui la couronnait, et dont un bout flexible lui tombait sur la nuque. Puis, Thérèse resta là, un instant encore, complaisamment. Elle était prête, elle se gantait.

« Ah bien ! s'écria Françoise, il n'y a pas de bonnes vierges si blanches que vous, à l'église ! »

Ce compliment fit de nouveau sourire la jeune fille. Elle se contempla une dernière fois et se dirigea vers la porte, en disant :

« Allons, descendons... Tu peux souffler les bougies. »

Dans l'obscurité brusque qui régna, Julien entendit la porte se refermer et la robe de Thérèse s'en aller, avec le frôlement de la soie le long du corridor. Il s'assit par terre, au fond de la ruelle, n'osant encore sortir de l'alcôve. La nuit profonde lui mettait un voile devant les yeux ; mais il gardait, près de lui, la sensation de ce pied nu, dont toute la pièce semblait glacée. Il était là depuis un laps de temps qui lui échappait, dans un embarras de pensées lourd comme une somnolence, lorsque la porte fut rouverte. Au petit bruit de la soie, il reconnut Thérèse. Elle ne s'avança pas, elle posa seulement quelque chose sur la commode, en murmurant :

« Tenez, vous ne devez pas avoir dîné... Il faut manger, entendez-vous ! »

Le petit bruit recommença, la robe s'en alla une seconde fois, le long du corridor. Julien, secoué, se leva. Il étouffait dans l'alcôve, il ne pouvait plus rester contre ce lit, à côté de Colombel. La pendule sonna huit heures, il avait quatre heures à attendre. Alors, il marcha en étouffant le bruit de ses pas.

Une clarté faible, la clarté de la nuit étoilée, lui permettait de distinguer les taches sombres des meubles. Certains coins se noyaient. Seule, la glace gardait un reflet éteint de vieil argent. Il n'était pas peureux d'habitude ; mais, dans cette chambre, des sueurs, par moments, lui inondaient la face. Autour de lui, les masses noires des meubles remuaient, prenaient des formes menaçantes. Trois fois, il crut entendre des soupirs sortir de l'alcôve. Et il s'arrêtait, terrifié. Puis, quand il prêtait mieux l'oreille, c'étaient des bruits de fête qui montaient, un air de danse, le murmure rieur d'une foule. Il fermait les yeux ; et, brusquement, au lieu du trou noir de la chambre, une grande lumière éclatait, un salon flambant, où il apercevait Thérèse, avec sa robe pure, passer sur un rythme amoureux, entre les bras d'un valseur. Tout l'hôtel vibrait d'une musique heureuse. Il était seul, dans ce coin abominable, à grelotter d'épouvante. Un moment, il recula, les cheveux hérissés : il lui semblait voir une lueur s'allumer sur un siège. Lorsqu'il osa s'approcher et toucher, il reconnut un corset de satin blanc. Il le prit, enfonça son visage dans l'étoffe assouplie par la gorge d'amazone de la jeune fille, respira longuement son odeur, pour s'étourdir.

Oh ! quelles délices ! Il voulait tout oublier. Non, ce n'était pas une veillée de mort, c'était une veillée d'amour. Il vint appuyer le front contre les vitres, en gardant aux lèvres le corset de satin ; et il recommença l'histoire de son cœur. En face, de l'autre côté de la rue, il apercevait sa chambre dont les fenêtres étaient restées ouvertes. C'était là qu'il avait séduit Thérèse dans ses longues soirées de musique dévote. Sa flûte chantait sa tendresse, disait ses aveux, avec un tremblement de voix si doux d'amant timide, que la jeune fille, vaincue, avait fini par sourire. Ce satin qu'il baisait était un satin à elle, un coin du satin de sa peau, qu'elle lui avait laissé, pour qu'il ne s'impatientât pas. Son rêve devenait si net, qu'il quitta la fenêtre et courut à la porte, croyant l'entendre.

Le froid de la pièce tomba sur ses épaules ; et, dégrisé, il se souvint. Alors, une décision furieuse le prit. Ah ! il n'hésitait plus, il reviendrait la nuit même. Elle était trop belle, il l'aimait trop. Quand on s'aime dans le crime, on doit s'aimer d'une passion dont les os craquent. Certes, il reviendrait, et en courant, et sans perdre une minute, aussitôt le paquet jeté à la rivière. Et, fou, secoué par une crise nerveuse, il mordait le corset de satin, il roulait sa tête dans l'étoffe, pour étouffer ses sanglots de désir.

Dix heures sonnèrent. Il écouta. Il croyait être là depuis des années. Alors, il attendit dans l'hébétement. Ayant rencontré sous sa main du pain et des fruits, il mangea debout, avidement, avec une douleur à l'estomac qu'il ne pouvait apaiser. Cela le rendrait fort, peut-être. Puis, quand il eut mangé, il fut pris d'une lassitude immense. La nuit lui semblait devoir s'étendre à jamais. Dans l'hôtel, la musique lointaine se faisait plus claire ; le branle d'une danse secouait par moments le parquet ; des voitures commençaient à rouler. Et il regardait fixement la porte, lorsqu'il aperçut comme une étoile, dans le trou de la serrure. Il ne se cacha même pas. Tant pis, si quelqu'un entrait !

« Non, merci, Françoise, dit Thérèse, en paraissant avec une bougie. Je me déshabillerai bien toute seule... Couche-toi, tu dois être fatiguée. »

Elle repoussa la porte, dont elle fit glisser le verrou. Puis, elle resta un instant immobile, un doigt sur les lèvres, gardant à la main le bougeoir. La danse n'avait pas fait monter une rougeur à ses joues. Elle ne parla pas, posa le bougeoir, s'assit en face de Julien. Pendant une demi-heure encore, ils attendirent, ils se regardèrent.

Les portes avaient battu, l'hôtel s'endormait. Mais ce qui inquiétait Thérèse, c'était surtout le voisinage de Françoise, cette chambre où logeait la vieille femme. Françoise marcha quelques minutes, puis son lit craqua, elle venait de se coucher. Longtemps, elle tourna entre ses draps, comme prise d'insomnie. Enfin une respiration forte et régulière vint à travers la cloison.

Thérèse regardait toujours Julien, gravement. Elle ne prononça qu'un mot.

« Allons », dit-elle.

Ils tirèrent les rideaux, ils voulurent rhabiller le cadavre du petit Colombel, qui avait déjà des raideurs de pantin lugubre. Quand cette besogne fut faite, leurs tempes à tous deux étaient mouillées de sueur.

« Allons ! » dit-elle une seconde fois.

Julien, sans une hésitation, d'un seul effort, saisit le petit Colombel, et le chargea sur ses épaules, comme les bouchers chargent les veaux. Il courbait son grand corps, les pieds du cadavre étaient à un mètre du sol.

« Je marche devant vous, murmura rapidement Thérèse. Je vous tiens par votre paletot, vous n'aurez qu'à vous laisser guider. Et avancez doucement. »

Il fallait passer d'abord par la chambre de Françoise. C'était l'endroit terrible. Ils avaient traversé la pièce, lorsque l'une des jambes du cadavre alla heurter une chaise. Au bruit, Françoise se réveilla. Ils l'entendirent qui levait la tête, en mâchant de sourdes paroles. Et ils restaient immobiles, elle collée à la porte, lui écrasé sous le poids du corps, avec la peur que la mère ne les surprît charriant son fils à la rivière. Ce fut une minute d'une angoisse atroce. Puis,

Françoise parut se rendormir, et ils s'engagèrent dans le corridor, prudemment.

Mais, là, une autre épouvante les attendait. La marquise n'était pas couchée, un filet de lumière glissait par sa porte entrouverte. Alors, ils n'osèrent plus ni avancer ni reculer. Julien sentait que le petit Colombel lui échapperait des épaules, s'il était forcé de traverser une seconde fois la chambre de Françoise. Pendant près d'un quart d'heure, ils ne bougèrent plus ; et Thérèse avait l'effroyable courage de soutenir le cadavre, pour que Julien ne se fatiguât pas. Enfin le filet de lumière s'effaça, ils purent gagner le rez-de-chaussée. Ils étaient sauvés.

Ce fut Thérèse qui entrebâilla de nouveau l'ancienne porte cochère condamnée. Et, quand Julien se trouva au milieu de la place des Quatre-Femmes, avec son fardeau, il l'aperçut debout, en haut du perron, les bras nus, toute blanche dans sa robe de bal. Elle l'attendait.

V

Julien était d'une force de taureau. Tout jeune, dans la forêt voisine de son village, il s'amusait à aider les bûcherons, il chargeait des troncs d'arbre sur son échine d'enfant. Aussi portait-il le petit Colombel aussi légèrement qu'une plume. C'était un oiseau sur son cou, ce cadavre d'avorton. Il le sentait à peine, il était pris d'une joie mauvaise, à le trouver si peu lourd, si mince, si rien du tout. Le petit Colombel ne ricanerait plus en passant sous sa fenêtre, les jours où il jouerait de la flûte ; il ne le criblerait plus de ses plaisanteries, dans la ville. Et, à la pensée qu'il tenait là un rival heureux, raide et froid, Julien éprouvait le long des reins un frémissement de satisfaction. Il le remontait sur sa nuque d'un coup d'épaule, il serrait les dents et hâtait le pas.

La ville était noire. Cependant, il y avait de la lumière sur la place des Quatre-Femmes, à la fenêtre du capitaine Pidoux ; sans doute le capitaine se trouvait indisposé, on voyait le profil élargi de son ventre aller et venir derrière les rideaux. Julien, inquiet, filait le long des maisons d'en face, lorsqu'une légère toux le glaça. Il s'arrêta dans le creux d'une porte, il reconnut la femme du notaire Savournin, qui prenait l'air, en regardant les étoiles avec de gros soupirs. C'était une fatalité ; d'ordinaire, à cette heure, la place des Quatre-Femmes dormait d'un sommeil profond. Mme Savournin, heureusement, alla retrouver enfin sur l'oreiller Me Savournin, dont les ronflements sonores s'entendaient du pavé, par la fenêtre ouverte. Et, quand cette fenêtre fut refermée, Julien traversa vivement la place, en guettant toujours le profil tourmenté et dansant du capitaine Pidoux.

Pourtant il se rassura, dans l'étranglement de la rue Beau-Soleil. Là, les maisons étaient si rapprochées, la pente du pavé si tortueuse, que la clarté des étoiles ne descendait pas au fond de ce boyau, où semblait s'alourdir une coulée d'ombre. Dès qu'il se vit ainsi abrité, une irrésistible envie de courir l'emporta brusquement dans un galop furieux. C'était dangereux et stupide, il en avait la conscience très nette ; mais il ne pouvait s'empêcher de galoper, il sentait encore derrière lui le carré vide et clair de la place des Quatre-Femmes, avec les fenêtres de la notaresse et du capitaine, allumées comme deux grands yeux qui le regardaient. Ses souliers faisaient sur le pavé un tapage tel, qu'il se croyait poursuivi. Puis, tout d'un coup, il s'arrêta. À trente mètres, il venait d'entendre les voix des officiers de la table d'hôte qu'une veuve blonde tenait rue Beau-Soleil. Ces messieurs devaient s'être offert un punch, pour fêter la permutation de quelque camarade. Le jeune homme se disait que, s'ils remontaient la rue, il était perdu ; aucune rue latérale ne lui permettait de fuir, et il n'aurait certainement pas le temps de retourner en arrière. Il écoutait la cadence des bottes et le léger cliquetis des épées, pris d'une anxiété qui l'étranglait. Pendant un instant, il ne put se rendre compte si les bruits se rapprochaient ou s'éloignaient. Mais ces bruits, lentement, s'affaiblirent. Il attendit encore, puis il se décida à continuer sa marche, en étouffant ses pas. Il aurait marché pieds nus, s'il avait osé prendre le temps de se déchausser.

Enfin, Julien déboucha devant la porte de la ville.

On ne trouve là ni octroi, ni poste d'aucune sorte. Il pouvait donc passer librement. Mais le brusque élargissement de la campagne le terrifia, au sortir de l'étroite rue Beau-Soleil. La campagne était toute bleue, d'un bleu très doux ; une haleine fraîche soufflait ; et il lui sembla qu'une foule immense l'attendait et lui envoyait son souffle au visage. On le voyait, un cri formidable allait s'élever et le clouer sur place.

Cependant, le pont était là. Il distinguait la route blanche, les deux parapets, bas et gris comme des bancs de granit ; il entendait la petite musique cristalline du Chanteclair, dans les hautes herbes. Alors, il se hasarda, il marcha courbé, évitant les espaces libres, craignant d'être aperçu des mille témoins muets qu'il sentait autour de lui. Le passage le plus effrayant était le pont lui-même, sur lequel il se trouverait à découvert, en face de toute la ville, bâtie en amphithéâtre. Et il voulait aller au bout du pont, à l'endroit où il s'asseyait d'habitude, les jambes pendantes, pour respirer la fraîcheur des belles soirées. Le Chanteclair avait, dans un grand trou, une nappe dormante et noire, creusée de petites fossettes rapides par la tempête intérieure d'un violent tourbillon. Que de fois il s'était amusé à lancer des pierres dans cette nappe, pour mesurer aux bouillons de l'eau la profondeur du trou ! Il eut une dernière tension de volonté, il traversa le pont.

Oui, c'était bien là. Julien reconnaissait la dalle, polie par ses longues stations. Il se pencha, il vit la nappe avec les fossettes rapides qui dessinaient des sourires. C'était là, et il se déchargea sur le parapet. Avant de jeter le petit Colombel, il avait un irrésistible besoin de le regarder une dernière fois. Les yeux de tous les bourgeois de la ville, ouverts sur lui, ne l'auraient pas empêché de se satisfaire. Il resta quelques secondes face à face avec le cadavre. Le trou de la tempe avait noirci. Une charrette, au loin, dans la campagne endormie, faisait un bruit de gros sanglots. Alors, Julien se hâta ; et, pour éviter un plongeon trop bruyant, il reprit le corps, l'accompagna dans sa chute. Mais il ne sut comment, les bras du mort se nouèrent autour de son cou, si rudement, qu'il fut entraîné lui-même. Il se rattrapa par miracle à une saillie. Le petit Colombel avait voulu l'emmener.

Lorsqu'il se retrouva assis sur la dalle, il fut pris d'une faiblesse. Il demeurait là, brisé, l'échine pliée, les jambes pendantes, dans l'attitude molle de promeneur fatigué qu'il y avait eue si souvent. Et il contemplait la nappe dormante, où reparaissaient les rieuses fossettes. Cela était certain, le petit Colombel avait voulu l'emmener ; il l'avait serré au cou, tout mort qu'il était. Mais rien de ces choses n'existait plus ; il respirait largement l'odeur fraîche de la campagne ; il suivait des yeux le reflet d'argent de la rivière, entre les ombres veloutées des arbres ; et ce coin de nature lui semblait comme une promesse de paix, de bercement sans fin, dans une jouissance discrète et cachée.

Puis, il se rappela Thérèse. Elle l'attendait, il en était sûr. Il la voyait toujours en haut du perron ruiné, sur le seuil de la porte dont la mousse mangeait le bois. Elle restait toute droite, avec sa robe de soie blanche, garnie de fleurs d'églantier au cœur teinté d'une pointe de rouge. Peut-être pourtant le froid l'avait-il prise. Alors, elle devait être remontée l'attendre dans sa chambre. Elle avait laissé la porte ouverte, elle s'était mise au lit comme une mariée, le soir des noces.

Ah ! quelle douceur ! Jamais une femme ne l'avait attendu ainsi. Encore une minute, il serait au rendez-vous promis. Mais ses jambes s'engourdissaient, il craignait de s'endormir. Était-il donc un lâche ? Et, pour se secouer, il évoquait Thérèse à sa toilette, lorsqu'elle avait laissé tomber ses vêtements. Il la revoyait les bras levés, la gorge tendue, agitant en l'air ses coudes délicats et ses mains pâles. Il se fouettait de ses souvenirs, de l'odeur qu'elle exhalait, de sa peau souple, de cette chambre d'épouvantable volupté où il avait bu une ivresse folle. Est-ce qu'il allait renoncer à toute cette passion offerte, dont il avait un avant-goût qui lui brûlait les lèvres ? Non, il se traînerait plutôt sur les genoux, si ses jambes refusaient de le porter.

Mais c'était là une bataille perdue déjà, dans laquelle son amour vaincu achevait d'agoniser. Il n'avait plus qu'un besoin irrésistible, celui de dormir, dormir toujours. L'image de Thérèse pâlissait, un grand mur noir montait, qui le séparait d'elle. Maintenant, il ne lui aurait pas effleuré du doigt une épaule, sans en mourir. Son désir expirant avait une odeur de cadavre. Cela devenait impossible, le plafond se serait écroulé sur leurs têtes, s'il était rentré dans la chambre et s'il avait pris cette fille contre sa chair.

Dormir, dormir toujours, que cela devait être bon, quand on n'avait plus rien en soi qui valût le plaisir de veiller ! Il n'irait plus le lendemain à la poste, c'était inutile ; il ne jouerait plus de la flûte, il ne se mettrait plus à la fenêtre. Alors, pourquoi ne pas dormir tout le temps ? Son existence était finie, il pouvait se coucher. Et il regardait de nouveau la rivière, en tâchant de voir si le petit Colombel se trouvait encore là. Colombel était un garçon plein d'intelligence : il savait pour sûr ce qu'il faisait, quand il avait voulu l'emmener.

La nappe s'étalait, trouée par les rires rapides de ses tourbillons. Le Chanteclair prenait une douceur musicale, tandis que la campagne avait un élargissement d'ombre d'une paix souveraine. Julien balbutia trois fois le nom de Thérèse. Puis, il se laissa tomber, roulé sur lui-même, comme un paquet, avec un grand rejaillissement d'écume. Et le Chanteclair reprit sa chanson dans les herbes.

Lorsqu'on retrouva les deux corps, on crut à une bataille, on inventa une histoire. Julien devait avoir guetté le petit Colombel, pour se venger de ses moqueries ; et il s'était jeté dans la rivière, après l'avoir tué d'un coup de pierre à la tempe.

Trois mois plus tard, Mlle Thérèse de Marsanne épousait le jeune comte de Véteuil. Elle était en robe blanche, elle avait un beau visage calme, d'une pureté hautaine.

CATALOGUE LIBRIO (extraits)

LITTÉRATURE

Hans-Christian Andersen
La petite sirène et autres contes - n° 682

Anonyme
Tristan et Iseut - n° 357
Roman de Renart - n° 576
Les Mille et Une Nuits :
Sindbad le marin - n° 147
Aladdin ou la lampe merveilleuse - n° 191
Ali Baba et les quarante voleurs *suivi de* Histoire du cheval enchanté - n° 298

Guillaume Apollinaire
Les onze mille verges - n° 737

Fernando Arrabal
Lettre à Fidel Castro - n° 656

Isaac Asimov
La pierre parlante *et autres nouvelles* - n° 129

Richard Bach
Jonathan Livingston le goéland - n° 2
Le messie récalcitrant (Illusions) - n° 315

Honoré de Balzac
Le colonel Chabert - n° 28
Ferragus, chef des Dévorants - n° 226
La vendetta *suivi de* La bourse - n° 302

Jules Barbey d'Aurevilly
Le bonheur dans le crime *suivi de* La vengeance d'une femme - n° 196

René Barjavel
Béni soit l'atome *et autres nouvelles* - n° 261

James M. Barrie
Peter Pan - n° 591

Frank L. Baum
Le magicien d'Oz - n° 592

Nina Berberova
L'accompagnatrice - n° 198

Bernardin de Saint-Pierre
Paul et Virginie - n° 65

Patrick Besson
Lettre à un ami perdu - n° 218
28, boulevard Aristide-Briand *suivi de* Vacances en Botnie - n° 605

Pierre Bordage
Les derniers hommes :
1. Le peuple de l'eau - n° 332
2. Le cinquième ange - n° 333
3. Les légions de l'Apocalypse - n° 334
4. Les chemins du secret - n° 335
5. Les douze tribus - n° 336
6. Le dernier jugement - n° 337
Nuits-lumière - n° 564

Ray Bradbury
Celui qui attend *et autres nouvelles* - n° 59

Lewis Carroll
Les aventures d'Alice au pays des merveilles - n° 389
Alice à travers le miroir - n° 507

Jacques Cazotte
Le diable amoureux - n° 20

Adelbert de Chamisso
L'étrange histoire de Peter Schlemihl - n° 615

Andrée Chedid
Le sixième jour - n° 47
L'enfant multiple - n° 107
L'autre - n° 203
L'artiste *et autres nouvelles* - n° 281
La maison sans racines - n° 350

Arthur C. Clarke
Les neuf milliards de noms de Dieu *et autres nouvelles* - n° 145

Colette
Le blé en herbe - n° 7

Joseph Conrad
Typhon - n° 718

Benjamin Constant
Adolphe - n° 489

Savinien de Cyrano de Bergerac
Lettres d'amour et d'humeur - n° 630

Maurice G. Dantec
Dieu porte-t-il des lunettes noires ? *et autres nouvelles* - n° 613

Alphonse Daudet
Lettres de mon moulin - n° 12
Tartarin de Tarascon - n° 164

Philippe Delerm
L'envol *suivi de* Panier de fruits - n° 280

Virginie Despentes
Mordre au travers - n° 308
(pour lecteurs avertis)

Philip K. Dick
Les braconniers du cosmos *et autres nouvelles* - n° 92

Denis Diderot
Le neveu de Rameau - n° 61
La religieuse - n° 311

Fiodor Dostoïevski
L'éternel mari - n° 112
Le joueur - n° 155

Alexandre Dumas
La femme au collier de velours - n° 58

Francis Scott Fitzgerald
Le pirate de haute mer
et autres nouvelles - n° 636

Gustave Flaubert
Trois contes - n° 45
Passion et vertu
et autres textes de jeunesse - n° 556

Cyrille Fleischman
Retour au métro Saint-Paul - n° 482

Théophile Gautier
Le roman de la momie - n° 81
La morte amoureuse *suivi de*
Une nuit de Cléopâtre - n° 263

J.W. von Goethe
Faust - n° 82

Nicolas Gogol
Le journal d'un fou *suivi de* Le portrait
et de La perspective Nevsky - n° 120
Le manteau *suivi de* Le nez - n° 691

Jacob Grimm
Blanche-Neige *et autres contes* - n° 248

Pavel Hak
Sniper - n° 648

Homère
L'Odyssée *(extraits)* - n° 300
L'Iliade *(extraits)* - n° 587

Michel Houellebecq
Rester vivant *et autres textes* - n° 274
Lanzarote *et autres textes* - n° 519
(pour lecteurs avertis)

Victor Hugo
Le dernier jour d'un condamné - n° 70
La légende des siècles
(extraits) - n° 341

Henry James
Le tour d'écrou - n° 200

Franz Kafka
La métamorphose *suivi de* Dans la colonie pénitentiaire - n° 3

Stephen King
Le singe *suivi de* Le chenal - n° 4
Danse macabre :
Celui qui garde le ver
et autres nouvelles - n° 193
Cours, Jimmy, cours
et autres nouvelles - n° 214
L'homme qu'il vous faut
et autres nouvelles - n° 233
Les enfants du maïs
et autres nouvelles - n° 249

Rudyard Kipling
Les frères de Mowgli
et autres nouvelles de la jungle - n° 717

Madame de La Fayette
La princesse de Clèves - n° 57

Jean de La Fontaine
Contes libertins - n° 622

Howard P. Lovecraft
Les autres dieux
et autres nouvelles - n° 68

Marco Polo
Le Livre des merveilles du monde - n° 727

Richard Matheson
La maison enragée *et autres nouvelles fantastiques* - n° 355

Guy de Maupassant
Le Horla - n° 1
Boule de Suif
et autres nouvelles - n° 27
Une partie de campagne
et autres nouvelles - n° 29
Une vie - n° 109
Pierre et Jean - n° 151
Contes noirs - *La petite Roque*
et autres nouvelles - n° 217
Le Dr Héraclius Gloss
et autres histoires de fous - n° 282
Miss Harriet *et autres nouvelles* - n° 318

Prosper Mérimée
Carmen *suivi de* Les âmes du purgatoire - n° 13
Mateo Falcone *et autres nouvelles* - n° 98
Colomba - n° 167
La Vénus d'Ille *et autres nouvelles* - n° 236

Alberto Moravia
Le mépris - n° 87
Histoires d'amour - n° 471 (...)

Gérard de Nerval
Aurélia *suivi de* Pandora - n° 23
Sylvie *suivi de* Les chimères *et de* Odelettes - n° 436

Charles Perrault
Contes de ma mère l'Oye - n° 32

Edgar Allan Poe
Double assassinat dans la rue Morgue *suivi de* Le mystère de Marie Roget - n° 26
Le scarabée d'or *suivi de*
La lettre volée - n° 93
Le chat noir *et autres nouvelles* - n° 213
La chute de la maison Usher
et autres nouvelles - n° 293

Ligeia *suivi de* Aventure sans pareille d'un certain Hans Pfaall - n° 490

Alexandre Pouchkine
La fille du capitaine - n° 24
La dame de pique *suivi de* Doubrovsky - n° 74

Abbé Antoine-François Prévost
Manon Lescaut - n° 94

Marcel Proust
Sur la lecture - n° 375
La confession d'une jeune fille - n° 542

Raymond Radiguet
Le diable au corps - n° 8

Vincent Ravalec
Les clés du bonheur, Du pain pour les pauvres *et autres nouvelles* - n° 111
Pour une nouvelle sorcellerie artistique - n° 502
Ma fille a 14 ans - n° 681

Jules Renard
Poil de Carotte - n° 25
Histoires naturelles - n° 134

Marquis de Sade
Les infortunes de la vertu - n° 172

George Sand
La mare au diable - n° 78

Ann Scott
Poussières d'anges - n° 524

Comtesse de Ségur
Les malheurs de Sophie - n° 410

Robert Louis Stevenson
L'étrange cas du Dr Jekyll et de Mr Hyde - n° 113

Jonathan Swift
Le voyage à Lilliput - n° 378

Anton Tchekhov
La cigale *et autres nouvelles* - n° 520
Histoire de rire *et autres nouvelles* - n° 698

Léon Tolstoï
La mort d'Ivan Ilitch - n° 287
Enfance - n° 628

Ivan Tourgueniev
Premier amour - n° 17
Les eaux printanières - n° 371

Henri Troyat
La neige en deuil - n° 6
Viou - n° 284

François Truffaut
L'homme qui aimait les femmes - n° 655

Zoé Valdés
Un trafiquant d'ivoire, quelques pastèques *et autres nouvelles* - n° 548

Fred Vargas
Petit traité de toutes vérités sur l'existence - n° 586

Jules Verne
Les forceurs de blocus - n°66
Le château des Carpathes - n° 171
Les Indes noires - n° 227
Une ville flottante - n° 346

Villiers de l'Isle-Adam
Contes au fer rouge - n° 597

Voltaire
Candide - n° 31
Zadig ou la Destinée *suivi de* Micromégas - n° 77
L'Ingénu *suivi de* L'homme aux quarante écus - n° 180
La princesse de Babylone - n° 356
Jeannot et Colin *et autres contes philosophiques* - n° 664

Oscar Wilde
Le fantôme de Canterville *suivi de* Le prince heureux, Le géant égoïste *et autres nouvelles* - n° 600

Émile Zola
La mort d'Olivier Bécaille *et autres nouvelles* - n° 42
L'attaque du moulin *suivi de* Jacques Damour - n° 182

ANTHOLOGIES

Le haschich
De Rabelais à Jarry, 7 écrivains parlent du haschich - n° 582

Inventons la paix
8 écrivains racontent... - n° 338
Amour, désir, jalousie - n° 617
Pouvoir, ambition, succès - n° 657

Toutes les femmes sont fatales
De Sparkle Hayter à Val McDermid, 7 histoires de sexe et de vengeance - n° 632

Présenté par Estelle Doudet
L'amour courtois et la chevalerie
Des troubadours à Chrétien de Troyes - n° 641

Présenté par Estelle Doudet
Les Chevaliers de la Table ronde - n° 709

Librio

127

Achevé d'imprimer en Italie par Grafica Veneta
en août 2015 pour le compte de E.J.L.
87, quai Panhard-et-Levassor, 75013 Paris
1er dépôt légal dans la collection : juin 1996
EAN 9782290345726

Diffusion France et étranger : Flammarion